氷剣の魔術師が世界を統べる
世界最強の魔術師である少年は、魔術学院に入学する
6
JN054471
Mikoshiba Nana
御子柴奈々
Illust. Korie Riko
梱枝りこ

レイ＝ホワイト

「レイ？　私の格好はどうですの？」
アリアーヌ＝オルグレン
マリア＝ブラッドリィ
「もうっ！　あんたはいつも変わらないわねっ！」

「レイくん……？」

「この人が、私の恋人です……っ！」
パーティー会場に、エリサの声が響いた。
そして、エリサが思い切り俺の腕を掴んできた。
エリサ＝グリフィス

アメリア＝ローズ
「ちょっと二人きりで話をしたくて」
「私のこと、どう思っていますか？」
レベッカ＝ブラッドリィ

エリサの体がしっかりと俺の目に映ってしまう。
しっかりとバランスの取れた体ではあるが、
やはり胸の大きさだけは隠しきれない。

CONTENTS

氷剣の魔術師が世界を統べる6

世界最強の魔術師である少年は、魔術学院に入学する

御子柴奈々

講談社ラノベ文庫

口絵・本文イラスト／梱枝りこ
デザイン／ムシカゴグラフィクス
編集／庄司智

プロローグ　エリサの恋人？

「この人が、私の恋人です……っ！」

パーティー会場に、エリサの声が響いた。

そして、エリサが思い切り俺の腕を掴んできた。

顔を真っ赤にして、俺のことをじっと濡れた瞳で見つめてくる。

周囲に衝撃が走り、アメリアやレベッカ先輩たちもかなり驚いているようだった。

「レイ。本当なの……？」

「へぇ。そうなんですか、レイさん」

アメリアは信じられないという表情で、レベッカ先輩はスッと目を細め、それぞれこちらを見ていた。

俺も、今の状況を完全に理解することはできていなかった。

「れ、レイくん……」

「エリサ。一体、これは──」

懇願しているような瞳。

エリサが伊達や酔狂で、こんなことを言っている訳ではないのは分かっている。

いつだって、エリサは真面目だから。

それにとても困っているような。

そんな印象を覚えた。

「レイ……本当ですの？」

アリアーヌもまた、困惑しているようだった。

知り合いが多数いる中での出来事。

自分でもある程度は動じない性格をしていると思っているが、今回ばかりは俺も困惑せざるを得ない。

周囲の環境を改めて整理する。

視線が刺さる中、俺はエリサが求めていることを何となく理解した。

エリサの手は微かに震え、縋ってくる瞳で心中を察する。

そして俺は、毅然とした態度で口を開いた。

「はい。自分が――エリサの恋人です」

再び、周囲に衝撃が走ることになる。

これが今回の騒動の全ての始まりだった。

また、どうして、このようなことになったのか。

それは少しだけ、時を遡ることになる――。

第一章　エルフの国へ

大規模魔術戦(マギクス・ウォー)が無事に終わりを迎えた。

アメリアとアリアーヌと共に出場して死闘の末、優勝を勝ち取ることができた。

今回の大会を経て、俺は改めて人間として大きく成長できた気がする。

やはり、仲間がいるからこそ俺は進んでいけると実感した。

また、アメリアとアリアーヌは一応まだ入院しているが、今日には退院できるらしい。

外傷などもほぼ完治しているとか。

「それでは、私からは以上だ」

講堂でアビーさんの挨拶が終わった。

現在は、学院で終業式が行われている最中だった。

これが終われば、すぐに冬休みがやってくる。

冬休みといえば、一番のメインとなるのは聖歌祭(せいかさい)だろう。

毎年、十二月二十五日に催される祭り。

起源は王国の聖堂で、聖歌を歌うことから始まったらしい。

そこから徐々に発展していき、今ではこのアーノルド王国の中でも一番のイベントとなっている。

昔は家族と過ごすことが多かったようだが、今は恋人と過ごすのもこの聖歌祭の醍醐味でもあるとか。

今まで俺は、聖歌祭に参加したことはなかった。

しかし、今年は違う。

今年はなんと聖歌祭のパーティーに俺が招待されているのだ。

魔術協会主催のもので、氷剣の魔術師として招待されているのだが、今年はいい機会だから行ってみようと思っている。

それに貴族も多く来るということで、知り合いがゼロというわけではないしな。

終業式が終わって、講堂から続々と生徒が出ていく中、レベッカ先輩の姿が目に入った。

「あ、レイさん！」

「どうも。レベッカ先輩」

とても嬉しそうな表情で、俺の方へと近寄ってくる。

最近思うのだが、先輩は以前よりも話すときに妙に近いというか、上目遣いを意識してるような……？

まぁ、俺の考えすぎかもしれないので、特に言及することはないのだが。

「あの……実は、少しお話がありまして」

「何でしょうか」

俺の言葉に先輩は俯くと、髪をくるくると指に巻きつけるような仕草を見せる。

何かを言い澱んでいるようだった。

「今日は十二月、二十三日ですよね？」

「そうですね」

「レイさんは、その……明日は予定はありますか？」

明日。十二月二十四日か。

今のところ、特に予定はないな。

「いえ。特に予定はないです」

レベッカ先輩はパァッと明るい表情を浮かべる。

「本当ですかっ⁉」

顔を赤く染めて、グイッとさらに近寄ってくる。

少しだけ息も荒くて、どうやら緊張している様子が窺える。

「はい。問題ありません」

すると、「やったっ……！」とレベッカ先輩は小さくガッツポーズをする。

どうやら、余程誰かと遊びに行きたかったようだな。

先輩も色々とあっただろうし、きっと羽を伸ばしたいのだろう。

よし。では、先輩を元気づけるべく、俺も力を貸そう。

俺は脳内で、すぐにみんなに声をかけようと決めた。

「で、ではっ！　明日の十時に中央の噴水の前に集まりましょうっ！」

「はい。わかりました」

レベッカ先輩は非常に上機嫌で、まるでスキップでもしそうな感じでそのまま去っていった。

去り際には、少しだけ鼻歌も聞こえた。

そうして俺は、見舞いと誘いも兼ねて、アメリアとアリアーヌのいる病院に向かうのだった。

「それで、明日はみんなで遊びに行かないか？」

現在はちょうど、アメリアとアリアーヌが入院している部屋にやってきていた。

今日の夜には、二人とも実家に戻ると聞いている。

それから俺は、アメリアとアリアーヌにレベッカ先輩に遊びに誘われたことを伝えた。

「えっと、レイ」

「どうしたアメリア」

「レベッカ先輩に、誘われたのよね？」

「あぁ。でも、遊ぶといったら数は多い方がいいだろう。この後も、みんなに声をかけようと思っている」

「「……」」

アメリアとアリアーヌは何か小声で会話をしたのち、了承してくれた。

そうして病院から去ろうとしていると、久しぶりに金色のツインテールが靡(なび)いているのが目に入った。

「あっ！　レイじゃないっ！」

「レイくんだっ！」

そこにいたのは、クラリスとエリサだった。

どうやら二人とも、アメリアたちの見舞いに来たのだろうか。

その後、俺は元々エリサとクラリスも誘う気だったので、明日の予定を尋ねてみることにした。

二人とも予定はないとのことで、参加してくれるとのことだ。

アルバートとエヴィは学院に戻ってから誘うことにするか。

そして、一人で帰路へとつく。

もう完全に冬だ。時間もまだ夜ではないが、完全に日は暮れようとしている。

「雪、か？」

顔に冷たい感触を覚える。

空を見上げると、雪が降り始めていた。

そうか。もう……そんな季節なんだな。

冬。

雪。

そして、この冷たい感触。

否応(いやおう)なく、過去を想起させる。

極東戦役に巻き込まれた、あの日のことを。

だが俺はもう、一人ではない。

数多くの大切な人たちが、俺にはいるのだから。

明日、みんなで遊びに行くのが本当に楽しみだ。

◇

「ふんふんふ～ん♪」

翌日の早朝、ブラッドリィ家。

現在は朝の五時前。

レベッカは朝早く起きると、さっそく準備を始めていた。

前日に着る服は決めていたので、今は髪を綺麗(きれい)に整えている。

聖歌祭が近づいているということもあり、レベッカは今は実家に戻ってきているのだ。

「ふわぁ～あ。って、お姉ちゃんどうしたの。こんな朝早くに」

マリアがやってくる。

彼女は朝は弱く、だいたい休日は昼近くまで寝ていることが多い。

今もちょっとトイレに行こうかと思っていたときに、レベッカの姿が目に入ったので声をかけたのだ。

「えへへ。その、実は――」

レベッカは少しだけ顔を緩ませると、今日はレイと二人きりでデートに行くのだと言った。それはもう、心から幸せそうに。

「それは楽しそうでよかったね」

「うんっ！」

レベッカは相槌を打つ。

「……お姉ちゃんさ。変わったよね」

ボソリと呟くようにして、マリアは思ったことを口にする。

「そ、そう？」

「うん。でも、今のお姉ちゃんも好きだよ。頑張ってね」

そうして、マリアはスタスタとその場から去っていく。

「よし！　準備頑張らなくちゃっ！」

服装は真っ白なブラウスに、この季節には寒いが黒のミニスカート。

上に羽織るコートは純白のものを選択した。

「よし。今日は頑張ろっ！」

自分を奮い立たせると、レベッカは予定よりも一時間早く集合場所へと向かうのだった。

その先に待っているのが、レイだけではないとも知らずに。

◇

「早めに出たつもりだったが、一番乗りではなかったか」

俺とエヴィは集合場所へとやってきた。

そこにはすでに、アメリア、アリアーヌ、レベッカ先輩がいた。

「レ・イ・さ〜ん」

その中でもニコニコと笑いながら近づいてくるのは、レベッカ先輩だった。今日も先輩は、とても麗しい。髪型もアップにして、それに少し化粧もしているみたいだ。

羽織っている純白のコートもよく似合っている。

「今日は他の方もお誘いいただいたみたいですね〜」

「はい。大人数の方が楽しいと思いまして」

「うんうん。それは私も、そう思います。ありがとうございます」

それにしても、なんだこの圧倒的な圧力（プレッシャー）は。

魔術的な意味合いではない。第一質料も質料領域も正常である。

しかし、レベッカ先輩のそれは質が違うのだ。

笑っている。一見すれば、いつものように美しい笑顔を浮かべているが、その後ろには何か巨大な意志を感じるのだ。

「それにしても、先輩。今日はとても綺麗ですね。髪型もアップにまとめて、いつもと印象が違いますが、とても可愛らしいです。それに、その羽織っている純白のコートもよくお似合いです。先輩は黒くて美しい髪と相まって、白がとてもよく似合いますね」

俺がそう褒めると、レベッカ先輩の顔が徐々に赤く染まっていく。

「あ、ありがとうございますっ！」

途端に圧力は完全に消失。

とりあえず、事なきを得たようでホッとするが、本当にあれは何だったのだろうか。

「ふ～ん。レベッカ先輩を先に褒めるんだ……」

「なるほど。レイは本当に、いつも通りのようですわね～。うふふ」

アメリアとアリアーヌは半眼で俺を見つめている。

いや、睨み付けていると言った方が適切だろう。

そして俺は、アメリアとアリアーヌにもまた、レベッカ先輩と同様に自分の感想を述べる。

二人とも綺麗なことは間違いないので、言葉は自然と出てきた。

「う……っ！」

「こ、これが天然の技ですのねっ！　凄い効果ですわっ！」

何やらザワザワと騒いでいる二人だったが、その一方で残りのメンバーたちが到着する。

クラリスとエリサがやって来て、最後にはアルバートがやってくる。

「ふふんっ！　特別に来てあげたわよっ！」

「今日は誘ってくれて、ありがと。レイくん」

「いや、こちらこそ来てくれて感謝する。最近は大会のため、会うことがあまりできなかったからな。今日は存分に楽しもう」

「……」

エリサの表情に影が差すのを俺は見逃さなかった。

周りに合わせて笑っているが、心から楽しめていないような。

そんな表情だった。

一方で、アルバートはエヴィと互いの筋肉をすでに見せ合っているようだった。

「エヴィ。服の上からでもよく分かるその筋肉は、やはり素晴らしいな」

「へへ。そうか？　でも、アルバートもガタイ良くなったよなぁ。入学当初とは見違えるほどだぜ」

「ふ。俺も、筋肉に目覚めたからな」

どうやら、二人は決勝戦でそれなりに負傷していたが、すでに完治しているようだった。

わけではない。
今日の予定としては、全員で遊びに行くといっても、どこに行くかを明確に決めている
「よし。では、向かうか」

そして、まずはウインドウショッピングをしようという話になった。

もちろん男性陣は、荷物持ちである。

「では、レイさんのお隣は私が失礼しますね」

レベッカ先輩が自然と近くに寄ってくる。

「構いませんが、少し近くありませんか？」

「え？　そうですか？」

「いえ。レベッカ先輩が気にしないのでしたら、構いませんが」

「はい。私は別に普通と思うので、このまま側にいますね」

その言葉はとても物腰柔らかいものだが、有無を言わせない気迫があったような。

すると、俺の左隣にはアメリアがスッと並ぶのだった。

「じゃあ、私はこっちで」

アメリアと先輩に挟まれるようにして、俺達はとりあえずまっすぐ進んでいく。

そして後ろからは、「あれって、やばくない？」「しっ！　クラリスちゃん！　それは黙っておかないと！」「わたくしは、ちょっと後ろで観察しておきますわ」「やはり、上腕二頭筋の調子が良くなくてな」「それなら、俺のおすすめのトレーニングがあるぜ？」とい

う声が聞こえてきた。

アリアーヌはこのメンバーの中に交じるのは初めてだが、エリサとクラリスとは別に初対面というわけでもないので、普通に話しているようだった。

そんな中、レベッカ先輩とアメリアは対峙しているような形になっていた。

レベッカ先輩はニコニコと笑い、アメリアはツンとした表情をしている。

一触即発、とまではいかないが、何か起こりそうな予感はあった。

「うふふ」

「ふんっ！　負けないもんっ！」


その後、全員で買い物を楽しむと、公園で食事を取ることにした。

今日は俺が誘ったということで、実は弁当を持ってきていたのだ。

寒さもあるが、そこは魔術で温めれば大丈夫だろう。

「ということで、サンドイッチを持参している。それと、サラダ各種だな。是非、堪能してほしい」

『おおおおおっ！』

全員が声を揃える。

それぞれが並んでいるベンチに座ると、早速その弁当の中身を取り分けていく。今日はかなりの自信作であり、腕によりをかけて作った。

きっと、みんなの口に合うことは間違い無いだろう。

それから、食事を取ったところで、何をしようかと思っていたところ、ちょうど目の前ではクラリスがツインテールを靡かせながらコロコロと雪玉を転がしていた。

「クラリス。何をしているんだ？」

「見れば分かるでしょっ！」

鼻を真っ赤にしながら彼女は大きな声でそう言ってくる。

「すまない。見ても分からないんだが」

「ふふん！　雪だるまよっ！」

「雪だるま？」

雪だるま。確か、話には聞いたことがある気がする。大きな雪玉を二つ重ねて、成形するものだとか。

ちょうどエリサもまた、隣で小さな雪玉を一生懸命に転がしていた。

「エリサも作っているのか？」

「うんっ！　クラリスちゃんが大きいのを作りたいからって！」

「なるほど……」

エリサは黙々とクラリスと作業をしているが、やはり暗い表情が気になるので、俺は声をかける。

「エリサ」

「？　どうかしたの、レイくん？」

「何か悩み事があるのか？」

「それは……」

エリサは言い淀んでしまう。

が、ここで無理に問い詰めるのも良くない。

「もし、何か俺にできることがあれば、遠慮なく言って欲しい」

「……うん」

エリサはこくりと小さく頷いた。

仮にエリサが助けを求めるなら、全力で応じるつもりだ。

そんな中、みんなも雪だるまを作り始めていた。

「アリアーヌ、頑張るわよっ！」

「はい！」

アメリアとアリアーヌは何やら気合が入っているようである。

「私はマイペースに頑張りましょうか」

レベッカ先輩はといえば、一人で手頃なサイズの雪だるまを作るみたいだ。

「おぉ！　雪だるまかっ！」

「ふむ。では、俺たちはアレをやってみるか」

その一方で、エヴィとアルバートは別のものを作っているようだった。

気がつけば、エリサとクラリスは二人で大きな雪だるまを作り上げていた。

バランスを整えるために、上下の雪の量は調整しているようだった。上の方は小さく、下の方はどっしりとしている。

「よし！　こんなものね！」

「可愛いねっ！」

その隣で、エヴィとアルバートは大きなかまくらを作り上げていた。

「二人とも、なかなかいいかまくらだな」

「へへ！　昔から、これを作るのは得意でな！」

「ふ。俺も久しぶりに、心が躍っている」

その中を見ると、しっかりと大きな空間が作られていた。そこにエリサとクラリスを呼ぶと、ちょうど二人がすっぽりと入るほどには、大きな空間だった。

「うわっ！　すっごい、広いわね！」

「すごいねっ！」

二人ともはしゃいでいるようだった。こうして雪遊びをするのは、意外と楽しいものだと思った。

いやきっとそれは、雪遊びが楽しいのではなく、みんなで遊ぶのが楽しいに違いない。

「よし。こんなものか」

俺は無事、巨大な雪だるまを作ることに成功した。

自分としても満足のいく出来である。

「うわ！　でかっ！　レイ、あんたやりすぎよっ！」

「お、大きいねぇ……」

クラリスとエリサが反応してくれる。

そして、アメリアたちもこちらにやって来る。

「普通にちょっと凄すぎて、引くんだけど」

アメリアは驚いているというよりも、少しだけ引いていた。その一方で、レベッカ先輩とアリアーヌはテンションが上がっていた。

「すごい！　すごい！　とっても大きいですね！」

「ワンダフルですわっ！　みんな、やりますわねっ！」

大きな雪だるまの周りをパタパタと走って眺める様子は、どこか微笑ましかった。

「きゃっ！」

雪に足を取られてしまったのか、レベッカ先輩が躓いてしまう。

俺は抱き止めるようにして、レベッカ先輩の体を受け止める。

「大丈夫ですか？」

「は、はい。すみません、レイさん」

抱きしめるような形になっているが、これればかりは仕方がないだろう。

厚着越しにはなるが、先輩の柔らかさを感じてしまう。

それに微かに香水の香りが鼻腔を抜ける。

「レベッカ先輩？　ちょっと、近くないですか？」

アメリアがそう言うと、レベッカ先輩は俺から離れていく。

「こほん。そうですか？」

「はい。もしかして、全部計算ですか？」

「いえいえ。そんなことはありませんよ？」

「ふ〜ん」

「うふふ」

二人は相変わらず仲が良いようだな。

そして、十分に楽しんだ俺たちは、そこで解散することになった。

本当に今日は楽しい一日だったが、やはりエリサの言動が気になった。

昨日とは打って変わって、急に元気のない様子。

もしかしてエリサは昨日、何かあったのか？

俺はどうしてもエリサのことが気になっていた。

そして、どうしてエリサが落ち込んでいるのか。

その理由は翌日、判明することになる。

◇

私――エリサ＝グリフィス――は物心ついた時から、周りと違うことに気がついていた。

「おい、見ろよアレ！」

「ホントだ！　変な耳～！」

「変なのー！」

そう。

私の耳は鋭く尖っていた。

私のお父さんは普通の人間だけれど、お母さんは違う。

お母さんはエルフであり、私はハーフエルフだった。

幼いころはハーフエルフである自分のことが嫌いだった。

周囲の人たちは、私が周りと違うというだけで、好奇の視線を向けてくる。

性格的にも反発できるわけもなく、私は教室の隅にいることが多かった。

だから私は一人でいる方が好きだった。

そんな中、私にとって読書という行為が全てだった。

本を読んでいる時間は、この世界について考えなくていい。

自分のことも、周りのこと、何も気にすることはない。
ただ夢中で、空想の世界に思いを馳せる。
友達なんて必要はない。
私はこれからも一人で進んでいくのだと……中等部の頃まではそう考えていた。
それに、私は気になっていた。
どうしてエルフである母が、アーノルド王国にいるのか。
ハーフエルフという存在は非常に希少である。
その理由は、エルフたちは決して自分達の国から出ないから。
外部ともほとんど親交などはなく、閉ざされた国として有名である。
だからどうして、母が国を出たのか。
私は気になっていたが、尋ねることはできないままだった。
だって――母はその話題を露骨に避けていたから。
そんなある日のことである。
「エリサ。話があるの」
「うん。どうしたの？」
アーノルド魔術学院も無事に二学期が終了し、実家に帰ってきた時のこと。
明日はみんなで遊びにいく予定なので、今から少しだけワクワクしていたのだが……。
「あなたは実は――エルフの王族なの」

った。

それを読むと、私が第四王女であり正式にエルフの国に招待したい、との話が書いてあ

スッと差し出してくる手紙。

「それで、招待状が届いていて」

「え？」

「もう、逃げることはできない……ううん。ずっと、エリサに黙っていて本当にごめんなさい。お母さんも一緒に行くから、エリサもついて来てくれない？」

「それは……」

自分のルーツなんてどうでもいいと思っていた。

いや、きっと私はどうでもいいと思い込むことにしていた。

半分エルフの血が流れている。

それは私にとって、喜ぶべきことではなかったから。

ずっと周りからはこの長い耳を敬遠され、馬鹿にされるばかりだったから。

でもいざ、自分のルーツが判明すると――私は気になっていた。

自分の存在、エルフの国という存在。

こうして私は、初めて自分自身と向き合うことになる。

◇

聖歌祭当日。

実は今回、魔術協会で開かれるパーティーの会場が例年とは異なる。

会場が変更されることは珍しくないが、今年はなんとエルフの国で開かれるとのことである。

なんでもアーノルド王国とエルフの国の親睦を深めることが目的と言うが、真意は不明である。

半年前にエルフの国の王が替わってから、色々と噂はあったが、まさか実現することになるとは。

エルフの国。

そこはエルフのみが住んでいる国であり、アーノルド王国のように多種多様な種族が住んでいるわけではない。

政治形態としては、王制を採用している。

俺は過去、軍人であった頃にエルフの国についてもある程度は学習しているので、一般的な知識は持ち合わせている。

エルフは森を拠点とする、尖った耳と美貌を持つ種族。

魔術に長け、人間の数倍の寿命、優れた技術や知識を併せ持ち、それゆえ他の種族を見下していることもあるという。

あくまでこれは伝聞の範囲ではあるが、エルフは変化を嫌い、保守的な種族であるらしい。

俺は、そんなエルフの国が会場になるとは俄には信じられなかった。

また、今回のパーティーはいつものメンバーたちも招待されているので、一緒に向かうことになっている。

レベッカ先輩やアリアーヌなどは、俺たちとは別でエルフの国に入るらしい。三大貴族にも色々とあるようだ。

「おっと。そろそろ向かわないとな」

俺は準備をしてから、集合場所である学院の正門前に移動した。

俺が最後かと思っていたが、どうやらアメリアとエリサがまだ来ていない。

そして待っていると、アメリアが慌てて走ってくるのが見えた。

「はぁ……はぁ……間に合った？」

「あぁ。大丈夫だ」

次にやって来たエリサは、俺たちのもとにやってくると緊張した様子で口を開いた。

「あ、あのっ！　みんなにお話があって！」

急いできたのか、エリサも呼吸は軽く乱れていた。

そして、俺たちはエリサから衝撃の事実を聞くことになる。

「どうした、エリサ」

いつになく真剣な表情だ。こんなエリサを見るのは、初めてだな。

「実は私は、エルフの王族なんだって。一応、第四王女ってことらしいけど」

王族……。エリサがエルフの王族であるということを理解するまで、数秒の時間を要した。それほどまでに、その事実は衝撃的であった。

もちろん、俺以外のメンバーたちも意外そうな表情をしている。

まさか、エリサが王族であるとは考えてもみなかったからな。

その思考の最中、エリサがどうして緊張しているかも俺は理解していた。きっと、今までの関係性が変わってしまう可能性を懸念しているのだろう。

だから俺は、エリサがエリサに思っていることを伝える。

「でも、エリサがエリサであることに変わりはないだろう?」

「それは、そうだけど……」

エリサの表情は、まだ少しだけ曇っているようである。

「あの……みんな、いつもみたいに接してくれる?」

心配していたのは、そのことか。

俺はすぐにその言葉に反応する。

「あぁ。もちろんだ」

「おうっ！」

「もちろんよっ！　エリサはお友達なんだから！」

俺、エヴィ、クラリスの順番でそう言ったのが良かったのか、エリサはホッとしていた。

「エリサ。そんなに心配しないで」

「あぁ。俺たちが変わることはない」

アメリアとアルバートもまた、そう言ってくる。

「うん。みんな、ありがとう」

そんなやりとりをしている中、気がつけば馬車が出発する時間が近づいていた。

「あ！　もう行かないと！　詳しい話は馬車でしましょう！」

「そうだな」

アメリアが先導するような形で、俺たちは早速エルフの国へと向かう。

それにしても、エリサが王族か……。

チラッと隣にいるエリサの表情を見る。

先ほどは安堵(あんど)していたが、まだ顔色は曇ったままである。

きっと、エリサとしてはまだまだ思うところがあるのだろう。

何か、力になれることがあればいいが。

それから、俺たちは馬車に揺られながら、目的地を目指す。

「それで、エリサ。例の件に関してだが」

「うん。ちゃんとお話しするね？」

ということで、エリサから詳しい話を聞くことになった。

エリサ曰く、自分がエルフの王族だったというのは、一昨日初めて聞いた話だったという。

自分の母はエルフの王族だったが、駆け落ちするような形で国を出たという。

そして、今回のパーティーの件。

会場が変わること自体は珍しくもないのだが、まさかエルフの国で開かれるとは夢にも思っていなかった。

実は最後の決定打になったのは、エルフの王族であるエリサがアーノルド王国にいるということだったらしい。

ハーフエルフではあるが、エリサは正統な王族の血を引いているエルフ。

これをきっかけにして、互いの国の親交関係を深めるのが目的だとか。

ともかく、エリサが今回の件の中心にいるのは間違いなかった。

「なるほど」

「うん……でも、私も本当に急な話で、あんまりよく分かっていなくて……」

不安そうな表情。

まぁ、無理もないだろう。

突然、自分のルーツを知らされたのだ。

整理する時間はもっと必要なのかもしれない。

そんな話をしつつ、俺たちは馬車に揺られる。

そんな中、アルバートは一人で真剣な表情をしていた。

いや、真剣というよりは顔を青くして、何かに耐えているような感じである。

「アルバート。大丈夫か？」

「う……だ、大丈夫だ……」

「いや、完全に大丈夫ではなさそうだが」

「ぐ……すまない。馬車は少し酔うみたいでな」

すると、隣にいたクラリスがアルバートの背中をさする。

「ほら、頑張って」

「う……すまない」

改めて思うが、クラリスは面倒見がいい側面がある。

いつもはエリサに世話をされている印象があるが、こうしたしっかりとしたところもある。

「うぅ……」

エリサは少しだけ体を震わせていた。

「エリサ。大丈夫か？」

「その……私、急に王族って言われてもよく分からないし。第四王女とか言われても、ピンとこないし……アメリアちゃん！　何かアドバイスとかない？」

「アドバイスねぇ」

なるほど。

アメリアは三大貴族の令嬢。

王族ではないが、上流貴族の人間である。

だからこそ、エリサは何かアドバイスを欲しているようである。

「まぁ、ないわね」

「ええ。そんなぁ……」

「エリサはそのままでいいのよ」

「ふぇえ……私、大丈夫かなぁ？」

「エリサは私よりもずっと、お淑やかなんだから。きっと大丈夫よ」

「まぁ、それはそうだな」

と、俺が言葉にすると、アメリアが鋭い視線をこちらに送ってくる。

「つまりレイは私がお淑やかじゃないって、言いたいの？」

「えっとその……いや、別にそういう意味合いではないが」

まずい。

会話に入ろうとして、あまり考えずに発言をしてしまった。

「アメリアはその、三大貴族の令嬢とは思えないほどフレンドリーで接しやすいというか」

「ふむふむ。それで？」

「お淑やかさとは別方向ではあるが、アメリアには魅力的な部分が多いということだ」

「ふふ。じゃあ、そういうことにしておきましょうか」

「あ、あぁ……」

なんとかこの場を切り抜けることができた。

ふぅ。

今後はもっと、考えてから発言をしたほうがいいな。

「あ、そろそろ着くみたいよ」

そんな話をしている間にも、気がつけばエルフの国が見えていた。

森に囲まれているが、そこには確かにいくつかの建物が見える。

あそこがエルフが住んでいる国か。

エルフの王が替わった。

そして、あの閉ざされた国であるエルフの国へ入国できる。

本当に今回の件は驚きというか、俺もまだ完全に腑に落ちているわけではなかった。

それほどまでに、エルフという種族は外部との交流をしないことで有名だからだ。

そして、馬車が森の前に着くと俺たちは入国審査を受けることになると思っていたが……。

「エリサ様！」

「エリサ様、ようこそ、お帰りになられました！」

「ようこそ！」

迎えてくれるエルフたち。

ただし、それはエリサにだけ声をかけているようだった。

改めて、この時になってエリサが本当にエルフの王族なのだと実感することになった。

一方で、俺たちにはそこまで手厚い歓迎はなかった。

歓迎の声はかけられるが、エリサほどではない。

こればかりは流石に仕方がないか。

俺としても、別段そのことに対して思うところはなかった。

今回はやはり、エリサが中心になっているのは間違いないからな。

「それでは、エリサ様。こちらへ。お連れの方も」

俺たちが先に向かうと、そこにはエルフの国が広がっていた。

「おぉ」

「凄いわね」

「こりゃあ、凄いな」

「ちょっとした芸術だな」

「確かにそうだな」

それぞれが声を漏らす。

だが、それも無理はないだろう。

森林を全て伐採して土地を利用するのではなく、まさしく森を使用しているという感じだった。

森と共に生きているというのは、誇張でも何でもないということか。

「皆様、ようこそ我が国へ」

一人の女性が声をかけてくる。

年齢は俺たちよりも少し上のように思えるが、エルフは長寿で有名だ。

もしかしたら、もっと年上なのかもしれない。

「今回案内をさせていただきます、ミアと申します。以後、お見知り置きを」

「初めまして。レイ＝ホワイトです」

俺を先頭にして、俺たちは挨拶を交わす。

そして早速、今回寝泊まりする宿舎に案内してもらうことになった。

移動する中で俺たちはやはり、周囲に目がいってしまう。

「気になりますか？」

前を歩いているミアさんがそう口にした。

「はい。なんだか幻想的な空間だと思いまして」

「王が替わってから、色々とこの国も変わりつつあります。こうした建築物もそうですが、こうして人間の方々にお越しいただいているのも、その一環です」

「なるほど。そうなのですね」

それからしばらく歩みを進めると、見知った顔が視界に入る。

「あ。レイちゃん！」

「げ。キャロル……？」

視線の先にはキャロルが立っていた。

七大魔術師である俺も招待されているので、幻惑の魔術師であるキャロルがいるのも当然である。

「レイちゃんだーっ！」

瞬間。

キャロルの姿がブレたと思ったら、勢いよく突撃してきていた。

「うおっ！」

俺は反射でキャロルの顔面を手で押さえる。

「いやーん！　どうしてギュッとさせてくれないの～？」

「普通に考えろ。公衆の面前でそんなことができるか」

「じゃあ、二人きりならいいの～？」

甘い声でそう言うキャロルだが、もちろんダメなものはダメである。

「ダメに決まっているだろう」

「えぇー！　いつになったら、昔みたいにチューさせてくれるの⁉」

キャロルがそう言ったと同時に、後ろから寒気を感じる。

振り向くと、アメリアから冷気が漏れているような気がした。

「レイ？　その話、本当なの？」

「いや、普通に嘘だ」

「ふーん。そうなんだぁ……」

半眼でじっと見つめてくる。

どうやら、まだ疑っているようである。

「ふふ。本当はどっちなのかな～？」

と、キャロルが何やら思わせぶりなことを言ってくる。

本当にこいつは、昔から変わらないなと思いつつ、ため息を漏らす。

「相変わらず、騒がしいな」

キャロルの後ろからやってきたのは、アビーさんだった。

キャロルがいるということはアビーさんもいると思っていたが、ここで来てくれて本当に安心した。

「アビーさんも来ていたのですか？」

「あぁ。一応な。それと、リディアは遅れて到着するらしい。まぁ、あいつのことだ。パーティーには出席しないだろうが。それと現七大魔術師は、あともう一人来ている」

師匠とはパーティーの夜に会おうという話を事前にしていた。

まさか会場がエルフの国に変更になるとは思っていなかったので、来ると聞いて少しだけホッとする。

「もう一人？」

七大魔術師はこのような場にはあまり集まらない。

アビーさんは毎回出席しているらしいが、その他のメンバーは殆ど来ない。

だから、もう一人来ていると聞いて、少しだけ驚きを示す。

「あぁ。あの人は色々とこの国を見て回っている。もし会ったら、よろしく伝えておいてくれ」

「分かりました。それで、その人は誰なのですか？」

絶刀の魔術師。

虚構の魔術師。

比翼の魔術師。

いや、この三人は考えにくい。基本的にパーティーなどに興味があるような人物には思えないからだ。

ということはもしかして――。

「燐煌の魔術師――マリウス＝バセットだ」

◇

夜。

ついにパーティーの時間となった。

荷物などは宿舎にすでに預けているので、手ぶらでの移動だ。

俺はパーティー会場へと向かう。今回の会場は、エルフたちの方で準備をしてくれているらしい。

エリサは王族としての挨拶で忙しいらしく、アメリアも貴族関係の方で挨拶があるとか。

その他のメンバーたちも、色々とこの国を見て回っていたりするので、俺はちょうど一人になっていた。

パーティー会場は屋内ではなく、外で立食形式になっている。

ふと空を見上げると、きらめく星々が目に入る。

王国とは違い、エルフの国は空が澄んで見える。

会場にたどり着くと、すでに人で溢れていた。

人間とエルフ。

その二つの種族が同じ場所にいるのは、普通ならばあり得ない光景である。

「大佐？」

俺は会場で見知った顔の人物を発見した。

そうだ。

あれは間違いなく――。

ヘンリック＝ファーレンハイト大佐。

「ん？　もしかして、レイなのか？」

大佐とこうして会うのは、本当に久しぶりだった。

おそらくはあの時――俺が極東戦役を終えてから退院する時以来である。

少しだけ歳を重ねた印象ではあるが、全体的に衰えているような印象は感じない。

「大佐。お久しぶりです」

俺は丁寧に、深く頭を下げる。

「話には聞いていたが、学生をしているとか」

「はい。アーノルド魔術学院の一年です」

「そうか。いや、あの幼かったレイがもう学生になるとは。元気にしているかい？」

「おかげさまで。久しぶりに大佐と会えて、本当に感激です」

「ははは。そう言ってもらえると、少しは嬉しいかな？」

大佐とこうして話すのは数年ぶりなので、懐かしさを覚える。

極東戦役という非常に厳しい戦争を互いに経験した。

こうして二人、ともに生きて会話をできているだけでも、喜ぶべきことだろう。

「そういえば、つい先日ハワードに挨拶に行って来ました」

「ハワードか。本当に彼は素晴らしい人間だった」

大佐はどこか遠くを見据えて、彼の名前を口にした。

もうあれから数年。

本当に時が経つのは早いものである。

「はい。彼のためにも、自分はこれからも前に進んでいきます」

「レイは少し変わった。そんな感じがするよ」

「そうですか？」

「あぁ。間違いない」

二人でそう話をしていると、メガネをかけた女性がこちらに近寄ってくる。

「レイ、よね？」

「もしかして、フロールさんですか？」

「ええ。久しぶりね。元気にしてた？」

「はい」

フロールさんと会うのも、久しぶりだった。

以前よりも髪が伸びてより大人っぽく、そして柔らかくなった印象である。

「学生になったと聞いたわ」

「アーノルド魔術学院の一年生です」

「そういえば、アーノルドだったわね。でもあそこは貴族至上主義。大丈夫なの？」

「入学当時は色々とありましたが、今はクラスメイトとも仲良くやっていますよ」

「そう。それは良かったわ」

フロールさんは柔和な笑みを浮かべる。

当時は鋭い雰囲気を纏っていたが、今は以前よりも柔らかい印象である。

それと以前と違うのは——少しだけお腹が大きくなっている気がする。

もしかして。

「もしかして、子どもが？」

「そうよ。実は二人目なの」

とても愛おしそうな目をして、フロールさんは優しく自分のお腹を撫でた。

「ははは。まぁ、そうだね」

大佐は恥ずかしそうに頭をかく仕草を見せる。

二人の子ども、か。

それは本当に喜ぶべきだと思った。

「おめでとうございます」

「ありがとう。生まれたら、ぜひ会いに来てね」

「はい。折を見て、伺わせていただきます」

それから俺は大佐たちと別れた。

向こうはまだ現役の軍人で、挨拶回りが残っているらしい。

俺は一人になってしまったので、みんなの元に戻ろうとしたが……見当たらない。

しばらくは一人で食事でも取るか。

豪華な食事が並んでいるので、テーブルの方へと向かうと、そこにはマリアが立っていた。

真っ黒なドレスにアップにした髪。

よく見ると、背中の方は大胆に開いていた。

いつもと印象が違って、とても大人びていると思った。

「え？　誰かと思ったら、レイじゃない」

「マリアか。どうした、こんな隅で」

そうか。今回のパーティーは基本的に多くの貴族が集まる。

会場が変わったとは言え、三大貴族たちもやって来ているということだな。

「まぁ、私って目立つじゃない？　だから隅の方にいるのよ。挨拶回りはお姉ちゃんがしてくれるし。いつもはパーティーには来ないけど、お姉ちゃんがどうしてもっていうから」

「なるほど」

マリアと出会うことができたので、俺は彼女の隣で食事を取ることにした。

「レイはパーティーにどうしてって……あぁ。そういえば、そっち繋がり？」

「あぁ。その通りだ」

マリアははっきりと口にはしなかったが、俺が氷剣の魔術師であるという意味合いだろう。

「そういえば、さっき誰かと話してなかった？　ちらっと視界に入った程度だけど」

「昔の知り合いだ」

「知り合い、ね。詳しくは聞かないけど、レイって意外と大物？」

「大物？　そんな大したものじゃないさ」

「まぁ、あんたはそう言うわよね」

マリアと会話をするのは、なんだか気楽でいい。

個人的に波長のようなものが合う気がするのだ。

「あ！　レイさん！」

次にやって来たのは、レベッカ先輩だった。

先輩は純白のドレスを着ていた。ちょうどマリアと正反対である。

「レベッカ先輩。どうも」

とても上機嫌そうで、いつもよりも少しだけ声色が高い気がした。

「今日はその……夜とか、予定はありますか？」

「夜はそうですね。予定はあります」

「「え⁉」」

なぜか、レベッカ先輩とマリアの声が重なる。

とても驚いている上に、ありえないという表情をしていた。

「そのお相手はどちら様でしょうか……？」

「師匠に会おうかなと。後から来るそうなので」

「あ、リディアさんですか。それは良かったです」

「良かった？」

「あ、こちらの話です。ふふ」

妖艶に微笑むレベッカ先輩。

隣ではマリアが胸を撫で下ろしていた。

「マリア。どうした？」

「へ⁉　いや、別に他意はないけど！　じゃ、私は挨拶があるから！　バイバイ！」

そう言って、マリアは去っていってしまった。

確か挨拶回りはレベッカ先輩に任せていると言っていたはずだが……。

「レイさん。本当に心苦しいですが、私も挨拶がありますので。これで失礼しますね」

「はい」

「またお会いしましょう」

そしてレベッカ先輩もいなくなったところで、俺はちょうど視界にアメリアの姿をとらえた。

紅蓮(ぐれん)の髪を靡かせて、ちょうどアリアーヌと一緒に行動しているようだった。

「アリアーヌ。来ていたのか」

「あら、レイ。ご機嫌よう」

にこりと微笑みを浮かべる。いつもは快活なイメージだが、ドレス姿の彼女はどこか大人びて見える。

「そういえば、レイのことが少し話題になっていたわよ」

アメリアが唐突にそんなことを伝えてくる。

話題になる、というのは心当たりがなかった。

「俺が？」

「ええ。大規模魔術戦(マギクス・ウォー)の活躍でね」

「そうですわね。意外と好意的な意見も多かったんですわよ？」

「それは意外だな」

貴族社会となると、表向きはただの一般人(オーディナリー)である俺に対して当たりが強いのは当然だと思っていたが、意外とそうでもないのか？

「血統を重視する人もいるけど、実力を評価している人もいるのよ」

「ええ。それに、外から優秀な人を取り入れたい貴族もいますので」

「あぁ。そういうことか」

少し生々しい話になるが、外から優秀な魔術師を婿に迎え入れるということか。

この手の話は別に珍しいことではないので、俺はすぐに納得した。

まぁ、俺にそんな声がかかるとは思えないがな。

「じゃあ、私たちはこれで」

「レイ。また会いましょう」

「あぁ。二人ともまたな」

アメリアとアリアーヌもまた、そうして去っていった。

レベッカ先輩といい、三大貴族は本当に挨拶回りが大変そうだった。

それも貴族の宿命といったところか。

アメリアは以前はこの手のことは嫌いと言っていたが、今は特にそんな様子もない。

色々と迷っていたアメリアだが、気持ちの整理がついているのだろう。

そして、麗しい姿をした女性がこちらに近づいてくる。

ふと視線が交差する。

その女性は紅蓮の髪をしており、その双眸もまた同じ紅蓮。

一見すれば若く見えるが、その纏っている雰囲気は年齢を重ねている人間にしか出せないものだとわかった。

またこの人は、アメリアにとてもよく似ていた。

「あなたが、レイ＝ホワイトさんですか？」

「はい。その通りです」

向かい合う。

外見と名前からして、この人がアメリアの母上に間違いない。

「そうでしたか。ふふ、私はエレノーラ＝ローズと申します。アメリアの母です」

「アメリアのお母様でしたか。いつもお世話になっております」

俺は深くお辞儀をする。

「いえいえ。こちらこそ、娘が本当にお世話になっているようで」

俺は一般人（オーディナリー）だというのに、とても丁寧な言葉遣いだった。

皮肉などではなく、純粋に俺に対して敬意を持って接してくれているのが窺える。

しかし、何か別の意図もあるような。

そんな気もしていた。

「アメリアとはとても仲がいいようで。娘から色々と聞いていますよ」

「友人として学院では共に時を過ごさせていただいております」

「見た目、それに振る舞いは合格ですね。でも、あなたは一般人（オーディナリー）。その事実に変わりはない。そうですよね？」

「はい。その通りです」

自分が魔法使いの一族の末裔（まつえい）、ということは言わなかった。

これは機密事項であるし、わざわざ訂正することでもないだろう。

「そうですか。いえ、それはもともと知っていたのです。だと言うのにどうしてアメリアがあなたのことをそこまで褒めるのか。実力で言えば、うちの娘の方が優れているのは明白ですから。そこであなたのことを調べましたが――」

一息ためてから、アメリアの母上は核心をついてきた。

「あなたが当代の冰剣、なのですね？」

その言葉は俺にだけ聞こえる程度の小さい声だった。

いずれこのような時が来るとは分かっていた。

別に絶対に隠し通すべきものではないしな。

今はただ、平和な学院生活を送るためにそうしているだけだ。

貴族。

その中でも三大貴族にバレてしまうことは、時間の問題だと思っていた。

元々上位の魔術師には俺の存在はすでに知られているし、ブラッドリィ家の当主であるブルーノ氏も知っていることだ。

こうして誰かに冰剣と知られてしまうことは、別に驚くべきことでもなかった。

俺は姿勢を整え、毅然（きぜん）とした態度でアメリアの母上に応じる。

「改めて自己紹介を。当代の冰剣の魔術師である、レイ＝ホワイトと申します」

「なるほど。いいですね。私、あなたのことをとても気に入りました。ぜひ、今後ともアメリアと仲良くしてくださいね？」

「勿論(もちろん)です」

「ふふ。それでは、また会いましょう。レイ＝ホワイトさん」

「はい。それでは、またお会い出来るのを楽しみにしております」

その場で深く一礼をする。

それから俺は食事を楽しんでいたが、エルフたちも思うところがあるのだろう。

貴族の人間と話しているエルフもいれば、パーティー会場の隅にいるエルフもいる。

エルフの表情からして、歓迎しているエルフもいればそうでないエルフもいる、ということか。

そもそも、どうして急にこんなことになったのか。

閉ざされていたエルフが他種族を招くという事態。

俺はどうしてもそのことが気になっていた。

「あれは……」

視線の先にはエリサがいた。

彼女はエルフたちに囲まれていた。

エリサ姫、と呼ばれていることから他のエルフたちはエリサのことを尊重しているようである。

エリサはハーフエルフなので、もしかするとよく思われていないのかも知れない。そう考えていたが、杞憂だったか。

「あ！」

俺と視線が合ったエリサが俺の方へと近寄ってくる。

パタパタと走ってくると、ぎゅっと腕を摑んで思いがけないことを告げた。

「この人が、私の恋人です……っ！」

瞬間。

周りに衝撃が走る。

一瞬、戸惑っていた俺だが、状況を理解して口を開いた。

「はい。自分が――エリサの恋人です」

第二章　偽りの恋人

パーティーが終わった後、俺はエリサから詳しい話を聞くことになった。

宿舎の一室。

そこでエリサは顔を赤くしながら、話をしてくれた。

「レイくん！　ごめんなさい！」

深く頭を下げるエリサ。

その声色からして、かなり申し訳なく思っているようだった。

「エリサ。そこまで頭を下げなくてもいい。まずは事情をしっかりと聞かせてほしい」

「う、うん……」

ということで、エリサの話を聞くことに。

あのパーティーの場だけではなく、エリサはこのエルフの国に来てからというもの、かなり手厚く歓迎されているらしい。

確かに、入国の時はそんな感じだったな。

入国した後は、エリサは別行動になっていたが、まさかそこまで歓迎されているとは夢にも思っていなかった。やはり、エルフたちにとって王族とはそれほどまでに神聖なものなのだろう。

そして、あのパーティーの場では無理やり婚約者の紹介をされていた。

というのがことの顚末である。

そこでエリサは咄嗟に俺を恋人ということにしたらしい。

「レイくん。改めて、この国にいる間は恋人のふりをしてもらえないかな？」

「構わない」

「ほ、本当に……？」

エリサはあっさりと了承されると思っていなかったのか、ポカンとした表情を浮かべている。

「あぁ。困っているんだろう？」

「う、うん。なんだか、私のことをものみたいに扱っているような感じもして……」

「……そうか。ともかく、任せてほしい」

ものみたいに扱っている、か。

だが、エリサに婚約の話が出ているからには、王族の血を利用したいというか、絶やさないようにしたいのか。それとも純粋に同胞であるエルフだからこそ、同じエルフと婚約すべきという思想からくるものなのか。

何はともあれ、友人が困っているのならば俺も力になりたい。

ただ問題なのは――。

「エリサ。一つだけ問題がある」

「問題？」

「俺には恋人がいた経験がない。ふりをする、といっても完璧にこなせる自信はない」

そう。

俺には恋愛に関する経験はない。

知識は書物などで知ってはいるが、実経験に関しては皆無である。

これは今回の『恋人のふりをする』という任務において、一番の懸念事項である。

軍人の時も、その手のことは師匠が「まだレイには早い」と言って教えてくれなかったからな。

しかし、俺もすでにそれなりの年齢を重ねた。

そろそろ、師匠に教えてもらう頃合いなのかも知れない。

「それはう〜ん。なんとなく、仲良い感じを出せば！　いいと思う！」

「そうか。まぁ、そこは臨機応変にいこう」

「うん！」

俺はエリサと別れた後、師匠の元に向かうことにした。

遅れて来るとのことだったが、もうパーティーも終わったし、到着しているだろう。

今回の件でアドバイスが欲しいと思ったからだ。

「ということで師匠。恋人に関するアドバイスをください」

アビーさんに師匠の部屋は聞いていたので、早速師匠のもとにやって来た俺は助言を求めた。

「恋人……だと？」

鋭い目つきになる師匠。

後ろではカーラさんもハッとした表情になっている。

「もしかして、ついにできたのか？　誰だ！　誰を選んだんだ！」

「誰を選んだ、というのは分かりませんが、実は――」

俺は師匠に今回の件に関して説明をした。

「なんだ、そういうことか。焦ったぞ」

すると師匠の顔からは焦りのようなものが消えた。

心なしか、表情も明るくなっているような気がする。

「焦った、ですか？」

俺がそう言うと、師匠はわざとらしく咳払（せきばら）いをした。

「こほん。なんでもない。こっちの話だ」

「そうですか」

師匠は紅茶に口をつけてから、少しだけ間を置く。

「そういえば、エルフの国は半年前に王が替わったらしいな」

「そのようですね。しかしどうして、エルフの国でパーティーが開かれることになったのですか？　やはり、エリサが王族なのが大きいのでしょうか？」

気になっていたことを尋ねてみることにした。

あの閉ざされていたエルフの国がどうして他種族である人間を招待したのか。

「それもあるかもしれないが……一個人でそこまで変わるとも思えない。やはり、王が替わったことが大きいかもしれない」

「エルフの国は王政を採用していますからね」

「あぁ。王も替われば、政策も変わる。ただし、エルフの国には政策らしい政策もなく、純粋に森と生きるということを主義として掲げている」

「森との共生ですね」

「だな。で、これはアビーから聞いた話だが、資源の枯渇が原因ではないかと言っていたな」

「資源の枯渇ですか。つまり、森で生きる上で必要なものが足りなくなって来ていると？」

確かに、森と共に生きると言っても、生態系の変化などもあるかも知れない。

常にずっと同じ状態であることはあり得ないからな。

「そうかもな」

「貿易でも始めるのでしょうか」

「さぁな。そこまでは知らん。表向きは以前から親睦を深めたいとお互いに考えていたと言っているが、実際のところは不明だな。エリサの件もただのきっかけに過ぎないだろう」

「なるほど」

「会長に話を聞けば話は早いが……どうやら多忙らしくてな。なかなか捕まらない。まあ、私の方で何か分かれば伝えよう」

「ありがとうございます」

もしかしたら、エリサの件も関係しているのか？

そうなってくると俺も無視はできないが。

この先も十分にこのことは注意しておくことにしよう。

「それで本題は――恋人の話か？」

「はい」

「アドバイスが欲しいと？」

「そうです」

「……まぁ、私は経験豊富だからな！」

一瞬間があったが、師匠は自慢げに胸を叩く。

おぉ！

やはり、師匠は俺の人生における道標である。

流石は師匠だ、と心の中で思う。

だが、師匠の恋愛経験か。

俺が記憶している中では確か――。

「しかし、自分と暮らしてからは恋人がいたことはないような？」

「が、学生の頃にな！」

なるほど。それだと得心がいくな。

「それで、何かアドバイスはありますでしょうか？」

「……こほん。カーラ、何かないか？　私の話はあまりに高度過ぎるからな」

師匠はカーラさんに話を振った。

高度過ぎる、とはどういうことだろうか？

ともかく、俺はカーラさんの方へと視線を向ける。

「恋人らしく見られたいというお話でよろしいですか？」

カーラさんはじっと俺の目を見つめてくる。

「はい」

「交際期間はどの程度を想定していますか」

「すみません。全く考えていませんでした」

俺としたことが、その辺りのことは完全に失念していた。

やはり、相談しに来て正解だったな。

「それでしたら、七月に交際を始めたことにしましょう」

「七月ですか。どうしてでしょうか？」

俺にはその真意が理解できなかったので、素直に聞き返す。

「レイ様とエリサ様は入学してから出会いましたよね？　そして、互いのことを知り始めて惹かれ合うのは、それくらいがちょうどいい時期。それに夏は開放的な気分になる上に、様々なイベントもあります。その時期くらいが自然でしょう」

「なるほど！　非常に理に適っていますね！」

「いえ。この程度は普通かと」

「ま、まぁ？　私もその程度は分かっていたがな！　はは！」

師匠も口を挟んでくるが、今はそれよりもカーラさんの話を聞かなければ。

そして、カーラさんは真剣な様子で続きを話す。

「話を進めましょう。七月から交際を始めて、現在は十二月。五ヵ月ほどの交際期間があります。学生の場合は、一番盛り上がっている時期ですね」

「なるほど」

「ただし、学生の恋愛と言ってもパターンは複数に分かれます。レイ様とエリサ様の性格などを考慮すると、あまり外で派手にイチャイチャするタイプではないかと思われます」

「おぉ。なんだか、とても勉強になりますね」

そこまで分析しているとは。

カーラさんの恋愛に関するアドバイスは、俺にとって全てが目から鱗だった。

しっかりと吸収して帰ろう。

「恐縮です。それで、外では多少ボディタッチを増やしつつ、裏ではしっかりと恋人のように振る舞うような感じがいいかと」

「具体的には？」

「それは――」

俺はカーラさんにより具体的なアドバイスをしてもらった。

何度も頷(うなず)いて、俺は噛(か)み締(し)めるようにそのアドバイスを反芻(はんすう)する。

「以上になります」

「ありがとうございます。大変参考になりました」

「いえ。この程度でしたら、造作もございません」

冷静にそう言葉にするカーラさん。

なんだか、いつもよりも心なしか大きく見えるような気がする。

「ぐ……カーラのやつ、そんな経験豊富なのかっ！　くっ」

一方で師匠はといえば、とても悔しそうな顔をしていた。

声は小さいので聞こえなかったが、何やら不満そうだった。

思えば、最初は師匠に話を聞きに来たんだったな。

「レイ！　私だって本当はすごいんだからな。今度はカーラを上回るアドバイスをしてやろう」

「分かりました。その際にはよろしくお願いします」

師匠は少し不服そうな顔をしていたが、それ以上は言及してこなかった。

「それでは、失礼いたします」

よし。

これでエリサとの恋人のふりをするのは、バッチリだな！

と、この時は思っていた。

しかし、何事も知識と実践ではかなりの隔たりがある。

そんな初歩的なことに、俺はまだ気がついていなかった。

◇

師匠の元を後にし、俺たちは施設内にある温泉に浸かっていた。

「ふぅ。気持ちいいなぁ」

「そうだな」

「これは筋肉に良さそうな湯だな」

なんでも源泉を偶然見つけて、それを利用して温泉にしたらしい。

この手のものは王国にはないので、新鮮である。

それに普通の入浴とは違って、芯から温まる感じがする。

俺、エヴィ、アルバートはすっかりこの温泉が気に入ってしまった。

「それにしても、レイがエリサの恋人かぁ」

「まぁ、ふりだがな」

「でも、気になったりしないのか？」

「ん？　なんの話だ？」

エヴィの言っていることが、いまいち理解できなかった。

隣でアルバートは「はぁ……」とため息を漏らしている。

「ふりとはいえ、エリサのことが気にならないのかって意味だ」

「恋愛的な意味か？」

「そうだな」

「ふむ……」

顎に手を当てて思案する。

恋人か。

色々と考えてみるが、やはりエリサは友人というのがしっくりとくる。

「友人としか思えないな。エリサは十分に魅力的ではあるが」

「やっぱそっかー。まぁ、レイはあんまりその手のことを気にしてなさそうだよな」

今度はエヴィがアルバートに話を振る。

「それで、アルバートはどうなんだ？」

「俺は別に……ただ、貴族という家柄だからな。いずれ、婚約者を見つけて結婚するだろう。自由恋愛は望んでいない」

「そうか。貴族も大変なんだなぁ」

エヴィが少しだけ悲しそうな声を漏らす。

貴族に自由恋愛は必要ない。

俺も思うところはあるが、これればかりは仕方がない。

「それが責務だからな。しかし、別に俺はその宿命を呪ってはいない。これもまた、俺の務めだからな」

アルバートは大きく変わった。

貴族というものにしっかりとした誇りを持っている。

いたずらに誇示をして相手を見下すのではなく、地に足の着いた心持ちになっているような気がした。

そして、そんな話をしつつ俺たちは温泉を楽しむのだった。


「ふぅ。外は気持ちがいいな」

俺は一人で外に出てきていた。

なんとなく、涼みたい気分だからだ。

「ん？　君は――」

一人の男性に声をかけられる。

栗色の長い髪を後ろでまとめ、顔つきはしっかりと整っている印象だ。

中性的でもあり、声を聞かなければ女性と思っていたかもしれない。

ただ身長と広い肩幅から、よく見れば男性と分かるが。

「もしかして、君がレイ＝ホワイトくんですか？」

「はい。そうですが。あなたは？」

いや、きっと彼は――。

「私はマリウス＝バセット。燐煌の魔術師と言った方が、理解できるでしょうか？」

「あなたが、あの」

燐煌の魔術師。

マリウス＝バセット。

こんなところで出会うことになるとは。

「君とは直接会っていませんが、私も極東戦役に参加していたのですよ」

「そうでしたか」

いや、当時の記憶を思い出してみると、確か七大魔術師による介入があるという話はあった。

それによって戦況は大きく変わり、最終戦へと突入することになった。

そうか。あの時――あの場所にいたのか。

「少し話でもしませんか？」

「分かりました」

俺は彼の後をついていく。

しばらく歩いた先で彼は立ち止まった。

「アビーさんやキャロルさんには会いましたが、教え子たちが元気にしていて私はとても嬉(うれ)しいです。けれど、あの戦争では失ったものが多過ぎた。ハワードくんのことは残念でした」

「ハワードのことを知っているのですか？」

まさかその名前は出てくるとは思っていなかったので、目を見開く。

「はい。彼も私の生徒でした。とても優秀で明るく、常に人を集めるような人でした」

「そう……ですね。ハワードは誰よりも明るい人でした」

思い出す記憶。

それは決して悲観的な気持ちではなかった。

逆に、こうしてハワードのことを語り合えることが嬉しかった。

「レイ＝ホワイトくん。当代の氷剣の魔術師であり、あの極東戦役を終わらせた存在。君こそが世界最強の魔術師だと私も認めるところです」

「いえ、そんな」

「謙遜しなくてもいいですよ。真理世界（アーカーシャ）に干渉できる魔術師は、この世界では君しかいない」

「……」

俺は思っていた。もしかすると、彼ならばあの真実について知っているのかもしれない。

ただそれについては触れないことにした。

「レイ＝ホワイトくん。くれぐれも自分の大きな力に呑（の）まれないように。時として大きな才能は、自分自身すら殺してしまうものになり得るから」

「ご忠告、感謝します」

「うん。君はとても素直でいい子だね」

にこりと笑みを浮かべる。

この人が師匠やハワードの先生だった人。

確かに先生らしい風格をしていると思う。

きっと、教師だった頃は数多くの生徒に愛されていたに違いない。

「さて、と。私はもう少し見て回ります」

「はい」

「私はしばらく滞在しています。何かあれば、遠慮なく言ってください」

「ありがとうございます」

「では、これで」

軽く頭を下げると、彼は闇夜に消えていった。

燐煌の魔術師、マリウス＝バセット。

少し会話をしただけだが、彼がとても優しい人だということはすぐに分かった。

師匠はあの人だけには頭が上がらない、と言っていたが、その言葉がよく理解できた。

全てを包み込むような包容力。

それが彼にはあるような気がした。


「えっと……」

「ふむ。なるほど」

俺は宿舎に荷物を預けていたのだが、それから別の部屋に案内されることになった。

なんでも、俺にふさわしい部屋があるということで。

そして室内に入ると、そこにはエリサが立っていた。

「その……ひとつだね」

「あぁ」

エリサと同室なのはまだいい。

そこは恋人ということになっているのだから、理解はできる。

問題なのは、ベッドが一つしかないということだった。

枕は二つ用意されていることから、間違いではなさそうだ。

「エリサ。俺は床で寝よう」

「え⁉」

「俺はどこでも眠ることが可能だ」

俺は軍人時代にそのように訓練された。

あの戦争の中ではベッドの上で寝る余裕などなかったからな。

自然と床や地面で寝ることができるようになっていった。

「そんな、悪いよっ！」

「しかし、いいのか？」

「う、うんっ！　レイくんには迷惑をかけているし……い、嫌じゃないし」

エリサは顔を真っ赤にしながら、そう言ってくれた。

エリサの勇気を無駄にしないためにも、俺は背中を向けるような形でベッドに入る。

照明を落として完全に暗くなっている室内。

この静寂はどこか心地良いものだった。

「レイくん。起きてる？」

「あぁ。起きているが」

「その……改めて、ごめんね？」

俺たちは背中合わせで会話を続ける。

エリサの体温が微かに伝わってくるのを感じる。

「気にすることはない」

「でも、私のせいで色々と迷惑をかけてるし……」

「エリサ。何度も謝る必要はない。俺たちは友人だ。助けが欲しいならいつでも言ってほしい。そして、その時は謝罪ではなく、感謝を伝えてくれ」

「感謝？」

「あぁ。後ろめたさなど感じなくていい。ただ、ありがとうと伝える。それだけでいいと俺は思っている」

謝罪ばかりではなく、自分の感謝の気持ちを伝える。

それは師匠に教えてもらったことの一つだ。

「えっと……レイくん。ありがとう」

「あぁ」

それからまた静寂が訪れる。

しばらくして、エリサの寝息が聞こえてくる。

俺もまた寝ようとするが、その時だった。

エリサがこちらを向いたと思いきや、ぎゅっと俺の背中に抱きついてきたのだ。

「エリサ？」

「……うぅん」

「寝ているのか」

このまま起こしてしまうのは、流石にかわいそうか。

しかし、エリサは俺のことを抱き枕と勘違いでもしているのか、かなり強い力で抱き締めている。

ぎゅっと抱きつかれることで、エリサの豊満な胸が完全に押し付けられてしまっている。

ここは気にせず、眠るしかないな。

俺もまた、睡魔に身を任せるのだった。

◇

「エリサちゃん！　エリサちゃんはきっと、将来凄い学者さんになるんだろうねっ！」

その眩しい笑顔はいつだって脳裏に焼き付いて離れない。

まるで私の罪を思い出させるように。

夢を見る。

なぜだろうか。

ここ最近は、過去のことをよく思い出す気がする。

私はずっと一人だった。

けれど、声をかけてくれる人は少なからずいた。

厳密に言えば、一人でいる期間は長いけれど、友人だった人はいた。

アーノルド魔術学院初等部。

私は幸か不幸か、一人でいることが多かったので、勉強などは得意な方だった。

勉強はいつだって孤独な時間を忘れさせてくれるから。

一応、このアーノルド魔術学院は初等部でも入学するのにかなりの学力を必要とする。

貴族ならばそれも関係ないようだが、私は別に貴族出身ではないので、非常に難しい試験を突破する必要があった。

でも、私にとってはあまり難しいとは感じなかった。

「ねぇ、エリサちゃんってすごいね！」

一人の女の子が声をかけてくれる。

髪をポニーテールにしていて、見るからに明るそうな子。

私なんかとは違って、とても眩しい。

「え……えっと。そう、かな？」

一人でずっと読書をしている私は、何が凄いのかピンと来ていなかった。

「うん！　だって、ずっと難しい本を読んでいるでしょう？」

「難しい？」

私は別に難しい本を読んでいるつもりはない。

図書館で借りた本で、タイトルは『コード理論の属性系統別派生魔術』というもの。

魔術は楽しい。

人の感情とは違って、魔術はとても分かりやすいから。

そこには明確な理屈があって、矛盾などありはしない。

この素晴らしい芸術的な魔術というものに、私は夢中になっていた。

「うん！　だってそれ、中等部とか高等部のやつでしょう？」

「確かに……そうだね」

あぁ。

言われてみれば、この本は高等部向けの本棚にあった気がする。

私は初等部、中等部、高等部などの分類分けは特に気にしていなかった。

ただ純粋に興味のある本を読む。

それだけだ。

「ねぇ、エリサちゃん」

「な、なに？」

「私とお友達になってくれない？」

「友達……」

友達。

辞書的な意味はしっかりと頭に入っている。

互いに心を許し合って、対等に交わっている人。一緒に遊んだりしゃべったりする親しい人。

それが友達だ。

どうして、彼女は私なんかと友達になりたがっているのか。

理解できなかった。

ハーフエルフで根暗で顔も可愛(かわい)くなくて、引っ込み思案。

「ねぇ、ダメかな？」

顔を覗(のぞ)き込(こ)んでくる。

「ど、どうして私なの？」

「だって、エリサちゃんは凄く頭が良くて可愛いから！」

高らかに宣言するように彼女はそう言った。

「本当？」

初めてそんなことを言われて、戸惑うしかなかった。

でも……初めて嬉しい――そう思った瞬間だった。

否定しかされなかった私が、肯定された瞬間。

それは幼い私にとってとても輝いて見えた。

「うん！　だから、友達になりたいの！」

「う、うん……その。よろしくね？」

私たちは友達になった。

けれど、その期間はほんの少し――たった一年の間だけだった。

◇

早朝。

心地良い朝の日差しが室内に入ってくる。

その光によって俺は目が覚める。

早起きすることは苦にしていないので、スムーズに起床することができた。

環境が変わるとしっかりと眠ることができないとも言うが、俺の場合は特に関係なかった。

「すぅすぅ……」

隣を見るとそこではエリサが寝息を立てていたが、どうやらエリサは寝相が少し悪いらしい。

俺の体をぎゅっと抱きしめて、それにパジャマの胸元は僅かにはだけてしまっている。

その豊満な胸によって生まれる谷間は否応なく、目に入ってしまう。

流石に俺もこのままでは良くないと思ったので、エリサに起床を促す。

「エリサ」

体を揺らすが、まだ反応はない。

「……うぅん」

やっと反応してくれたが、まだ完全な起床には至らない。

「朝だ。エリサ」

「あ、朝……？」

「あぁ。まだ眠いのか？」

「ちょっと……あともうちょっとだけ」

そう言いながら、エリサはあろうことか俺に思い切り抱きついてきた。

「うおっ！」

「うぅん……気持ちいい……」

エリサは寝言を言いながら俺のことをさらに強く抱きしめてくる。

その際に、エリサの豊満な胸がしっかりと押しつけられてしまう。加えて、胸元はもう完全にはだけてしまっている。

すでに脚も絡めてきており、流石にまずいと思った俺はエリサに声をかける。

「エリサ。起きてくれ」

「……う。うん」

エリサは目を擦りながら、何とか起床する。

とても眠そうにしていて、まだぼーっとしている。

「エリサ。大丈夫か?」

「う……ん。レイくん、おはよう」

「あぁ。おはよう。それと……胸元はしっかりと締めておいたほうがいい」

「ふぇ?」

エリサは指摘されるまでピンときていないようだったが、自分の胸元をじっと見つめる。

そして、胸元がはだけてしまっていることに気がついた。

「……きゃっ!」

慌てて胸を隠す。

俺はすぐに立ち上がると、部屋の扉へと歩みを進める。

エリサはといえば、とても恥ずかしそうに顔を真っ赤に染めて、静かに震えていた。

「俺は先に外に行っている。ゆっくりと準備してくれ」

「う、うん。ありがとう」

俺は手早く準備を進めると。散歩でもしようと思い外に向かう。

すると、廊下でばったりとアメリアと出会う。

「アメリア。おはよう」

「レイ。おはよう」

アメリアは朝が苦手なはずだったが、しっかりと起きていた。

「レイ。その……何もなかったわよね？」

「エリサとのことか？」

「えぇ」

「別に何も。ただ、ベッドが一つなのは少し困ったな」

「え⁉」

アメリアがギョッとした表情を浮かべる。

まぁ、確かに驚くのも無理はない。

俺とエリサも初めは面食らったからな。

「それで……ど、どうしたの？」

「俺は床で寝ると言ったんだが、エリサの好意で一緒のベッドで寝ることになった」

「そ、そう……」

アメリアは小さな声で何か言ったが、しっかりと聞こえなかった。

「そういえば、アメリアはクラリスと同室だったな」

「そうね。クラリスってば、意外としっかりしているのよ。ちょっと驚いちゃった」

「なるほど。それは意外な一面だな」

そんな風に廊下で話をしていると、通りがかったミアさんが声をかけてきた。

「お二人とも。朝食の準備ができておりますので、ぜひそちらの部屋にお越しいただければと」

「ありがとうございます」

「はい。では、失礼致します」

ミアさんは丁寧に頭を下げると、俺たちの前を通り過ぎていく。

「そういえば、ローズ家は王国に戻らないのか？」

俺たちの滞在期間は一週間ほどになるが、すでに帰国している貴族などもいる。

その中で三大貴族はどうするのかと少し気になっていた。

「ええ。お母様やお父様は戻るみたいだけど、私はみんなもいるし、残ろうかなって」

「そうか。アメリアも一緒で良かった」

「え……それって」

アメリアが立ち止まる。

両手をぎゅっと組んで、何かを期待するような瞳で俺のことを見つめてくる。

微かにその頰は朱色に染まっている。

「やはり、いつものみんなが一緒の方がいいからな」

「……」

「どうした？」

アメリアは明らかに不機嫌になっていた。

ブスッと頬を膨らませて、足早に進んでいってしまう。

「うぅ……期待した私のバカっ！」

俺はただ、その様子を見つめているしかなかった。

学生になってもう半年以上が経過した。

友人も数多くできて、昔よりもずっと人の気持ちを理解できるようになった。

だが、まだまだわからないことも多い。

そんなことを俺は思うのだった。


「うん。美味いな」

朝食をいただくことに。

基本的には味付けなどは薄めである。

しかし、素材の味を生かしているのか、確かに旨味というものを感じ取ることができる。

朝食は、魚や野菜などが中心になっている。

これは確か……出汁というものだな。

知識としては知っているが、こうして食べるのは初めてだった。

素材から生み出されたものを使って調理する。

素朴でとても親しみやすい味だった。

それから俺たちは、いつものメンバーで観光へと繰り出していくのだが……俺とエリサだけは別行動をすることになった。

「お二人は恋人ということで、ぜひこちらへお進みください」

ミアさんに促される中、アメリアが慌てた様子で声を上げた。

「ちょ、ちょっと……！」

「アメリア。ここは我慢よ」

「う、ぐぬぬ……」

クラリスがアメリアのことを落ち着かせてくれるが、アメリアは依然として不満そうな顔をしていた。

すまない、アメリア――と内心で謝罪をしていく。きっと、みんなで一緒に回りたかったに違いないからな。

「それでは、私たちはこれで」

俺とエリサはその場に残されて、みんなは別方向へと進んでいってしまった。

「じゃあ、俺たちは行くか」

「う、うん……っ！」

おそらくはミアさんが気を利かせてくれたのだろう。

思えば、エリサとこうして二人きりで出歩くのは、久しぶりだった。

学院に入学したときに、一緒に本を買いに行ったぶりか。

俺たちはこの風景を楽しみながら、ゆっくりと歩みを進める。

「エリサ」

「レイくん。どうかしたの？」

「手を繋ごう」

「えっ⁉」

「一応、俺たちは恋人ということになっている。恋人は外では自然と手を繋ぐものらしい」

俺は左手をそっとエリサの方へと差し出す。

「もしかして、嫌だったりするか？」

無理ならば、あまり強制はできない。

あくまでこの関係性は仮のものだからな。

「ううん……っ！　じゃあ、その。失礼します……っ！」

エリサがギュッと俺の手を握ってくる。

あまりにも強い力で握ってくるので、俺は少し戸惑いをみせる。

「エリサ。そこまで強く握らなくてもいいと思うが」

「あ！　そ、そうだよね？」

力を緩めることでちょうどいい加減になる。

「これくらい、かな？」

「あぁ」

ゆっくりとエリサに歩幅を合わせる。

俺の方が身長は高く、歩幅も広い。

このような時は、男性が女性に合わせると聞いた。

カーラさんの教えを俺は愚直に実行する。

しばらく歩みを進めると、川の方に出た。ただ、微かに遠くから声が聞こえてくる。そしてバッタリと、エルフの子どもたちとそこで出会うことに。

エルフの子どもたちも、元気に走り回っている。

「あ！」

「お姫様だ！」

「本当だっ！」

「わーいっ！」

子どもたちが無邪気な声を出しながら、俺たちの方へと近づいてくる。

「お姫様……？」

「エリサのことだろう。子どもたちにまで浸透しているみたいだな」

「あはは。ちょっと照れるね」

エリサは近寄ってくる子どもたちに、にこりと笑顔を浮かべて接する。

一旦、繋いでいる手を離すと、エリサは少し膝を落として子どもと視線を合わせる。

「お姫様だー！」

「可愛いね！」

「でも、ハーフエルフなんでしょー？」

子どもたちはエリサに尋ねるが、悪意はないのだろう。

「うん。私はお母さんがエルフで、お父さんが人間だよ」

「へぇ！」

「人間の国ってどんな感じなのっ⁉」

「それはね――」

子どもの質問に優しく答えているエリサを俺は微笑ましく見つめる。

「あの」

背後から声をかけられたので、俺はゆっくりと振り向いた。

そこにはエルフの女性が立っていた。

「はい。なんでしょうか？」

「エリサ様とご一緒ということは、婚約者の方でしょうか？」

「はい。そうです」

どうやら、すでにエルフたちの間では噂になっているようだな。

その話になったのは、つい昨日のことであるが、噂が広まるのは早いなと感心する。

「やはり、そうでしたか。人間の方と会うのは初めてで……」

声をかけてくれたが、声色からして緊張が容易に窺(うかが)える。

「そこまで気を遣わなくても構いませんよ」

エルフの女性はじっと俺の顔を見つめてくる。

「でも、思ったよりもその……普通でよかったです」

「そうですね。文化や社会の違いはあれど、そこまで大きな差異はないと思います」

「実はエルフの方でも、色々とまだ意見が分かれている部分もありまして」

エルフの女性は、視線を子どもたちの方へと移す。

「意見が分かれている、ですか」

「はい。やはりまだ、大きく変化することを怖がっているエルフはいますので。今回、外から人間を呼ぶということで少しだけ、怖かったですが……杞憂(きゆう)だったようですね」

彼女は優しい笑みを浮かべてくれる。

エルフは他種族を敬遠していると思ったが、話してみれば人間とさほど変わりはないと思った。やはり、思い込みはよくないな。

「改めて、あなたに会うことができてよかったです」

「それは恐縮です」

それから彼女は、スッと腕を上げて道の先を指差した。

「この先に進むと、花畑が広がっています。今は冬ですが、冬でもとても綺麗(きれい)ですよ。どうか、お楽しみください」

「ありがとうございます」

そして、俺とエリサはこの場を後にして、花畑へと向かうことにした。

「エリサは子どもと話すのに慣れていたな」

「そうかな？」

「あぁ」

「うーん。でも、そうだね。話すことは苦手じゃないかも」

「似合っている感じだったな。将来はきっと、いい母親になるに違いない」

「母親……お母さんかぁ」

エリサはチラッと俺の顔を窺ってくる。

「どうかしたか？」

「ううん！　なんでもないよっ！」

顔を背けるが、少しだけ赤くなっているような気がした。

しばらく歩みを進めると、確かにそこには花畑が広がっていた。

「おぉ！」

「綺麗だね！」

見渡す限り、真っ白な花がそこには咲いていた。

花弁の先端の方は薄い青色になっている。

名前は知らないが、こんな花があるとは。

純粋にこの光景は、とても美しいものだった。

「すごいね」

「そうだな。自然豊かなエルフの国だからこそ、ということか」

俺たちは花畑へと入っていく。

ちょうど、人が通ることのできる道はあるので、そこを辿(たど)っていく。

「なんだか、ちょっと懐かしい感じがするかも」

「来たことはないんだろう？」

「うん。でも、なんとなく」

エリサはこの光景をじっと見つめる。まるで、何かを懐かしむように。

エルフの血が流れていることが、関係しているかもしれない。

ゆっくりと花を見て回る俺たち。

「あ」

「雪だな」

気がつけば、深々(しんしん)と雪が降り始めていた。

まだそれほど勢いはないが、これは翌日には積もっているかもしれないな。

俺たちは空を見上げて、雪が降る光景に目を奪われる。

空も地面も真っ白な世界。

そこで俺とエリサは二人で立っていた。

「なんだか、幻想的だね？」

「そうだな。ここに来た甲斐があったな」

「レイくんは、この花の花言葉を知ってる？」

エリサは唐突に、そんなことを尋ねてきた。

園芸部に所属して、部活動の中でそれなりの花の知識を得ていたが、この花の知識はなかった。

「これはね、永遠の愛って花言葉なんだよ」

「永遠の愛か」

永遠の愛なんてものは、存在するのだろうか。

きっといつか、この気持ちは薄くなっていってしまうかもしれない。

人はいつだって慣れてしまうものである。

どんな感動的なことも、残酷なことも、時間が経てば忘れてしまう。

記憶としては残るが、その時の感情というものは消え去ってしまう。

「レイくんは永遠の愛ってあると思う?」

エリサの問いに対して、俺はすぐに言葉が出なかった。

ただじっと、雪景色を見つめる。

しばらくしてから、俺はゆっくりと口を開いた。

「正直なところ、それはないと思っているが……それでも、永遠を求めることは理解できる」

思い出すのは、軍人時代の記憶。

あの時の時間がずっと続けばいいと――みんな一緒のままこのまま生きていくのだろうと思っていた。

しかし、現実は違う。

俺たちはみんな、別々の道を進んでいる。

けれどだからこそ、きっと人は理想を求めるのだと思う。

「そっか」

「エリサは好きな人はいないのか？」

「へっ⁉」

永遠の愛、という話題になったので聞いてみることにした。

俺たちの今の関係は偽物。

ただ、エリサの本当の気持ちは少しだけ気になっていた。

「私はその……まだ、よく分からないというか」

「俺と同じだな」

「同じ？」

「あぁ。俺は他の人よりもいろいろな経験をしている自負はあるが、恋ってものはよく分からない」

「そ、そうなんだ」

エリサは少しだけ胸を撫で下ろすような動作を見せた。

安心したような、そんな所作だった。

「それなら――一緒に練習していこうよっ！」

エリサは急に大きな声でそう言ってきた。

「練習？」

「うん！　いつか恋人ができた時のために。周りに恋人のふりを見せるだけじゃなくて、ちゃんとした練習をしたいなって」

「なるほど」

顎に手を当てて思案する。

確かに、今までは偽物の恋人を演じるということばかり考えていたが、練習をするというのは盲点だったな。

俺はエリサの提案に対して、頷いて肯定を示す。

「確かに、一理あるな」

そう言うと、エリサは俺の方に近寄ってきた。

心なしか、緊張しているようにも見える。

「じゃあ、その……腕を組んでもいいのかな？」

「腕？」

「うんっ！　その手を繋ぐよりも、腕を組んでいる方がちゃんと恋人に見えるかなぁと思って！　これも練習だよっ！」

「ふむ」

エリサの言っていることは、もっともだった。

カーラさんにも恋人は手を繋ぐだけではなく、腕を組むこともあると聞いていた。

エリサがいいのなら、俺が拒否する理由はない。

「構わないぞ」

「じゃあ、その……失礼して」

エリサが俺の右腕にそっと寄り添ってくる。

そして、おずおずとした様子で腕を組んできた。

温かい感触が俺の右腕に伝わる。

「邪魔じゃないかな？」

「あぁ。問題ない」

「レイくんの腕、大きいね」

「鍛えているからな」

「エヴィくんやアルバートくんと違って、レイくんって着痩せするタイプだよね」

「そうか？」

「うん。思っていたよりも大きくて、とても頼りになる感じがする」

エリサにそう言われて、悪い気分ではなかった。

自分の筋肉を褒められることは、純粋に嬉しいからな。

腕を組んで俺たちは帰路へと向かうが、俺はあることに気がついてしまった。

「エリサ。その……胸が」

「あっ！　ご、ごめんねっ！」

そう。

エリサの胸が微かに腕に当たっていたのだ。

「でも、レイくん……これだと、あんまりしっかりと腕を組めなくて」

「どうするべきか」

「レイくんが嫌じゃないなら、さっきと同じ感じがいいけど……ダメかな？」

エリサが潤んだ瞳で俺の顔色を窺ってくる。

この国では俺たちは恋人。

この程度のことは、恋人ならば普通だろう。

それにこれは恋人ができた時の練習を兼ねているんだ。

「分かった。すまないな、エリサ」

「私こそ……っ！　じゃあ、その」

ギュッと腕を組んでくる。

柔らかい胸の感触がしっかりと腕に残ってしまうが、これればかりは仕方がない。

恋人か。

仮に本当に恋人ができたとき、自然と腕を組んだりするのだろうか。

自分のそんな未来に少しだけ思いを馳せる。

そして俺たちは恋人の練習をしながら、宿舎へと戻っていく。

◇

「ふぅ～ん。あれが、レイ＝ホワイトね」

ある一人の女性が、レイとエリサのことを監視していた。

ただし、それは鳥の目を媒介として手元の鏡に映った姿である。

直接探るような視線を送れば、相手はすぐに気がつく。

レイのことを正当に評価しているからこそ、彼女は間接的にレイのことを監視していた。

「で、首尾はどうなっているの？」

「上々かと。準備は進んでおります」

彼女の部下である男がそう伝える。

そして、ビアンカと呼ばれた女性は独り言のように言葉を紡ぐ。

「レイ＝ホワイトの覚醒を促せ――上はそう言っているけれど、まぁ私の本命はあっちだから。あまり気が乗らないのよねぇ」

妖艶に微笑む。

優生機関（ユーゼニクス）の目的は一貫して、レイ＝ホワイトを観測することであり、その魔術領域を狙っている。

ただし、ビアンカはそこまでレイに興味はなかった。

ビアンカが夢中になっているのは、むしろ――。

もう一つの手鏡を見つめる。

そこに映っているのは紅蓮（ぐれん）の髪を後ろに流しながら歩いている、アメリアだった。

「因果律蝶々（バタフライエフェクト）――あれこそが私の求めるものなのよねぇ」

因果を自由自在に操る概念干渉系の固有魔術（オリジン）。

現在観測されている魔術の中では、希少性と実用性を兼ねている最高難度の魔術にこそビアンカは惹かれていた。

このエルフの国にやって来たのは元々別の目的だったが、ビアンカはアメリアに夢中だった。

「だ・け・ど。今はエルフの聖域が優先よねぇ～。さて、状況を動かしていきましょうか」

優生機関（ユーゼニクス）の魔の手は、確実に迫りつつあった。

◇

エリサと戻っていく途中、みんなと合流することができた。

ちょうどみんなの姿が視界に入ると、エリサはパッと俺の腕から離れていった。

まぁ確かに、みんなに見られるのは恥ずかしいよな。

「ふぅ。結構歩いたな」

その後、街を散策したが、かなり広いこともあって確かな疲労感が残っていた。

「すごかったわね～」

「ね！　ご飯も美味しいし！」

「もう、クラリスちゃんってば、ご飯のことばっかり」

「でも、エリサ！　美味しいじゃない！」

「それはそうだけど。ふふ」

女性陣が話している一方で、俺たちはあることについて話をしていた。

「エルフたちは上質な筋肉をしているな」

俺の言葉に対して、エヴィとアルバートが頷く。

「あぁ」

「そうだな」

「やっぱり森の中で生活しているのが、関係しているんだろうな～。日常的に意識してトレーニングをしているんじゃなくて、生活の一部がトレーニングになっているみたいだな」

「その通りだな」

エルフたちはおおよそ、線は細い印象ではあるが、華奢(きゃしゃ)というほどではなかった。

森の中を自由に駆け回り、川で魚を取るときも槍(やり)などを使っている。

日常的に体を動かすことが当然になっているので、ある程度筋肉質な体つきになっているのだろう。

それから俺たちは宿舎の方に戻ると、もうすっかり日が落ちていた。

明かりが灯(とも)り、森の中の雰囲気も昼間とはまた違ったものになる。

今日の夜は、エルフたちによるセレモニーが行われるらしい。

主にこれは、エリサとその関係者である俺たちに向けてのものであると聞いた。

「ねぇ、どんな催しなのかしら」

「さぁ。どうだろうな」

そして、パッと周囲の明かりが消えた。

「皆様、お待たせいたしました」

ミアさんの声と同時に再び明かりが灯る。

そこには六人ほどのエルフたちが並び、それぞれが手に楽器を持っている。

一番中央にいるエルフは歌を担当し、その他のエルフは楽器による演奏をするようだ。

そして、一斉に演奏が始まる。

「うわぁ」

「凄いわねぇ」

アメリアたちが感嘆の声を漏らす。

無理もない。この歌はそれだけ透明感があって、とても魅力的なものだった。

楽器による演奏もかなり卓越している。

後方では演出だろうか。

小さな光が天へと昇っていく。魔術によるものだろうが、それはとても幻想的なものだった。

なるほど。

エルフたちにはこんな一面があったのか。

俺は自然と笑みを溢しながら、この演奏に集中する。

みんなも満足そうにこの演奏に耳を傾ける。

そして、無事にセレモニーも終了し、今晩も会食の時間になった。

積極的にエルフと交流する中、一人のエルフが声をかけてくる。

「やあ、君がエリサかな？」

「えっと……」

気さくに話しかけてくるエルフの男性。

外見は俺たちよりも少しだけ上に見えるが、実年齢はもっと上かもしれない。

なんとなく俺はそう思った。

「そして、君がレイ＝ホワイトくん」

「初めまして。その、あなたは？」

「あぁ。僕はアベル。一応、この国の王をしているよ」

外見からしてそんな風には全く見えなかった。

王といえばもっとフォーマルなイメージだったので、少し驚いてしまう。

「エリサとはそうだね。僕は伯父にあたるかな」

「そ、そうですか……」

エリサはどうやら緊張しているようだったが、無理もない。

エルフの国の王であり、自分の伯父である人物と急に会うことになったのだから。

「君の母親、サリアは妹でね」

「そうなんですか？」

「あぁ。なるほど。どうやら、僕の話は聞いていないようだね」

「はい。お母さんは、あまり過去を話したがらなかったので。こちらに着いてから、詳しい方に聞くといいと言われまして」

「そうか――では、僕が少し話をしよう。君には知る権利があるからね」

話の内容としては、エリサの母であるサリアさんが駆け落ちをしたというものだった。

偶然、外から彷徨(さまよ)いやって来たエリサの父に惹かれて、そのまま駆け落ちするような形でエルフの国を出ていったという。

「まぁ、サリアもきっと引け目があったんだと思う」

「引け目、ですか？」

「あぁ。国よりも一人の人間を優先した。エルフは愛国心が強いからね。サリアも思うところがあったんだろう。僕としては、そこまで気にしなくてもいいと思うがね」

「……」

エリサは何かを考えるように、黙ってしまう。

きっと自分のルーツを改めて知って、色々と考えているに違いない。

「それで、エリサの恋人であるレイ＝ホワイトくんだったね？」

「はい」

彼は視線を俺の方へと向けてくる。

まるで俺のことを値踏みしているような視線だった。

「ふむ。エリサは僕の姪(めい)であり、エルフの王族でもある」

「承知しております」

あくまで丁寧に対応を続ける。

ここで偽物の恋人と見抜かれるわけには、いかないからな。

「人間たちと交流をする。それは僕にとっては重要なものだと思っている。ずっと閉ざされたままでは、いずれ限界が見えるからね」

「なるほど」

「ただ、エリサにはこちらに来てもらう選択肢もある。僕が認めるエルフと婚約してもらいたい、という気持ちがないといえば嘘になるからね。エルフとして生きるのか、それとも人間として生きるのか。エリサにはそれを決めてもらいたい」

あくまでエリサのことを尊重してくれているようだが、その視線は俺のことを試しているような。

そんな気がした。

「あ、あの！」

エリサが急に大きな声を出して、前に出てくる。

「レイくんとはその……真剣にお付き合いしているのでっ！」

「ふむ。なるほど。まぁ、無理にとは言わないさ。それに——」

そこから先の言葉は、俺たちに向けてではなく、独り言のようだった。

「真価を試す機会は、いずれやって来るだろうしね」

そして、「僕はこれで失礼するよ」と言って王であるアベルさんは去っていった。

王にしては親しみやすい人だと思ったが、やはりエリサとの交際を手放しで認められている訳ではないようだな。

それに、この話をしている最中、鋭い視線が注がれていたことに俺は気がついていた。

エリサはエルフの王族であり、人間なんかに任せることはできない。

そう思っているエルフがいても、おかしくはないからな。

そのことも踏まえて、自分の立ち回り方を改めて考えておくか。

◇

初めての友達ができた。

私はそのことに舞い上がっていた。

初めての友人である彼女は、私のことをずっと褒めてくれた。

「エリサちゃんは頭がいいね！」

「すごいね！　そんなことも知っているなんて！」

「やっぱり、エリサちゃんはすごい学者さんになるんだろうなぁ」

二人で一緒にいるとき、彼女は私にそう言ってくれた。

それが嬉しくて嬉しくて、私はひたすらに勉強にのめり込んでいった。

すでに学習内容は高等教育を超えつつある。いや、それはもはや大学教育にまで迫りつつあった。

私はただ褒められたくて、勉強を頑張っていた。

全ては純粋な気持ちだった。

けれど、私はその異常さに、全く気がついていなかった。

そして、私は自分が決定的に周りと違うという事実に気がついてしまう。

「……エリサちゃん」

「どうしたの？」

今日はとても顔色が悪い。

それに、私の話に対しても、返答があまりなかった。

「もう——私はもう、ついていけないよ」

「え？」

ついていけない。

その言葉の意味が、私は理解できなかった。

「エリサちゃんは私と同じだと思ってた。私と同じで一人ぼっちで、寂しい人なんだって。ちょっと頭がいいだけで、根本的な部分は変わらないって。でもね、あなたはすごいね。本当に本当に、すごいと思うよ？」

「な、何を……言っているの？」

彼女の瞳がすでに、私のことを見ていないのは分かっていたけれど、幼い私はそれを理解したくはなかった。

「エリサちゃんが話している内容、私はちっとも理解できないの」

その言葉に対して私は衝撃を覚えて、ポロッと本心が漏れてしまった。

「え——だって、こんなに簡単なのに？」


そう。私にとって、この程度の学習内容は簡単だった。

一度読めばすぐに理解できるし、応用だってできる。

だって、みんなそうでしょう?

みんな同じなんでしょう?

私はまだ、他人と自分の知能に大きな差があることに気がついていなかった。

「……そうだね」

簡単といった後の彼女の表情は、一生忘れられないと思う。

まるで全てに絶望したような、そんな顔だった。

「エリサちゃんはとっても頭がいい。私とは違う。あなたは特別なんだよ。だから、もう一緒にいることはできないの」

「そ、そんな！　ちゃんと分かるように教えるよ！　大丈夫！　きっとたくさん勉強すれば、分かるように――」

　最後まで言葉を発することはできなかった。

「さようなら、エリサちゃん」

それが最後の言葉だった。

私は、傷つけていたの？

知らず知らずのうちに？

私が純粋に話をしている最中、彼女はずっと惨めに感じていたのかもしれない。

私との間にある、明確な差というものを突きつけられて。

私は、純粋であったが故に無意識に傷つけてしまっていた。

それから、私は学習した。

人間関係において、自分のことを前面に出してはいけない。

ただじっと、私は影のように生きていけばいい。

そして、高等部に上がってから、本当に心からの友達ができた。

レイくん、アメリアちゃん。エヴィくんにクラリスちゃんなど、大切な人と出会うことができた。

　できたけれど……私はやっぱり、どこか一歩引いているような気がする。

『エリサは大人しいから』というレッテルに甘えている。

いや、それを甘んじて受け入れている。

だってそうすれば、大人しい自分のままでいれば、私は誰も傷つけないし、私も傷つかないから。

本当はもっと自分のことを話したい、もっとみんなと一緒にいたい。

実は饒舌(じょうぜつ)なんだけれど、そのことは私しか知らない。

そう思うけれど、やはりどこか引け目を覚えてしまう。

私は一体、どうしたらいいんだろう？

レイくんの周りにいる人は、みんな変わっていっている。

アメリアちゃん、アリアーヌちゃん、レベッカ先輩、クラリスちゃん、それにアルバートくんも。みんな凄いと思う。だって、変わることはとっても怖いことだから。

本当は私も――。

◇

「ねえ、クラリス」

「ん？」

夜の帳(とばり)が下りた。

パーティーを終えて、早めに部屋に戻ってきていたアメリアとクラリス。

「ちょっと相談があるんだけど」

「……」

クラリスはアメリアの気持ちを知っている。

一方で、エリサもレイのことが気になっているのも知っている。

どちらを応援すべきなのか、というのはクラリスも迷っている最中だった。

ここ最近は特にエリサの様子がおかしいことにも気がついているからこそ、クラリスも心中では色々と葛藤していた。

「どうかしたの？」

相談内容は分かっているが、敢(あ)えて尋ね返す。

「レイのことなんだけど」

やっぱり、とクラリスは内心で思うが、察している様子は見せない。

「うん」

「エリサと部屋で二人きりって、どう思う？」

「まぁ、大丈夫でしょ」

「本当に？」

「だって、あのレイよ」

「そうなんだけど……」

アメリアもそんなことは承知している。

レイは筋金入りの朴念仁であると。

他者に対して敏感な部分もあるが、こと恋愛に関しては全くと言っていいほど察してはくれない。

だからこそ、アメリアも苦労しているのだが。

「うぅ……本当は色々とチャンスなのにぃ……」

アメリアは悲しみに満ちた声を漏らす。

「まぁ、そうね。それに特に最近は、レベッカ先輩がすごいわよね」

側から冷静に状況を見つめているクラリスはそう言った。

特にレベッカはアプローチが激しい。

このままではいつか、レイを取られてしまうかも知れない。

そんな漠然とした不安が、アメリアにはあった。

「そうなのよっ！　それに、アリアーヌもいるし……うぅ……」

アメリアは頭を抱えてしまう。

友人のそんな姿を見て、クラリスも放っておくことはできなかった。

今はエリサとレイは二人きりで寝泊まりをしている。

ならば、今回協力するべきはアメリアだろう。

クラリスはそう脳内で判断した。

「うーん。でも今は、二人は恋人ってことになっているし、なかなか割って入るのは難しいわよね」

「そうなの！　流石はクラリス！」

「……」

じっとアメリアを見返す。

やっぱり、恋する乙女は輝いているわね――内心でそう思った。

「え、どうかした？」

「何でもないわ」

そこでクラリスはふと、あることを思い出した。

「あ」

「何か策が……っ⁉」

「そういえば、昨日レイがふらっと夜に外出していたわね」

「本当っ⁉」

「ええ。それに一人で」

「つまり、そこを狙うと？」

「まぁ、今日も来るとは限らないけど」

「それでもよ！　クラリス、ありがとう！」

「ううん。いいのよ」

何だか、こんな初々しいアメリアの姿を見て、クラリスは微笑ましく思ってしまっていた。

そして、アメリアは入念に準備を始める。

すでに入浴も済ませて、寝巻きの状態であったが外出できるように着替える。

一応、自分の顔を鏡で確認をする。

化粧などはあまりしないが、それでも軽くしておくことにした。

髪を櫛（くし）で入念に梳（と）いて、クラリスに問いかける。

「ねぇ、おかしくないかな？」

「ええ。大丈夫よ」

「じゃあ、行ってくるね！」

「あんまり無茶しないのよ」

「分かってるわよっ！」

アメリアはそうして部屋を後にした。

◇

　俺は一人で外に出て来ていた。

「……」

　夜空を見上げる。

　ハワードは俺のことを見守ってくれているのだろうか。

　ふと、感傷に浸ってしまう。

　今までは無意識に思い出さないようにしていたが、時間も経って向き合うことができるようになった。

「あ、あらレイ。奇遇ね？」

「ん？　アメリアか」

　後ろからパタパタと走ってくるのは、アメリアだった。

　この宿舎の裏口は、人がいない区域である。

　極力、エルフたちに迷惑をかけたくないので、人気(ひとけ)の少ないところを歩いていたが、まさか誰かと会うことになるとは。

「アメリアも散歩か？」

「え、えぇ！」

「声がうわずっているが、体調不良か？」

「こほんっ！　ううん。大丈夫よ」

「そうか」

わざとらしく咳をして、アメリアは何かを整えたように思えた。

「一緒に歩くか？」

「う、うん！」

アメリアが隣に来て、一緒に散歩をすることにした。

「レイは温泉に入った後なの？」

「そうだが、分かるのか？」

「うん。髪の毛が少し湿っているしね」

「よく気がつくな」

「今日は月明かりが綺麗だからね」

「確かにな」

思えば、アメリアには本当に色々と助けられたな。

改めて俺は軽く過去を思い出す。

「何だか、早いものだな」

「何のこと？」

「月日が経つのは、ということだ」

「あぁ。確かにそうね。もう、一年生も残り少しだしね」

「あぁ」

入学当初はどうなることかと思っていた。

もちろん、俺という存在が受け入れらないことは予想していた。

貴族至上主義の学院。

アビーさんにもきっと、大変な思いをすることになると言われたが、今となっては無事に大切な友人たちもできた。

「アメリアに初めて声をかけてもらった時のことは、今でも覚えている」

「あぁ。あの時のことね」

「周りは俺を蔑んでいたが、アメリアは初めから向き合ってくれていた」

「あはは。まぁ、ちょっと可哀想だと思ってね。それに、レイはあの時から何か違うと思っていたから」

「何か違う？」

「うーん。感覚的な話だけど、良い意味で浮いてる？　みたいな？」

「浮いているのはいいことなのか」

「だから、いい意味でよ」

正直なところ、アメリアが何を言おうとしているかよく分からなかった。

「しかし、こうして二人でアメリアと話していると落ち着くな」

「そ、そう？」

さらっとアメリアは自分の髪を後ろに流す。

「あぁ」

「私もレイと話していると、落ち着くよ？」

アメリアが上目遣いをする。

それは、何か求めているような。

そんな瞳だったような気がする。

流石に夜で街灯もない場所なので、そこまではっきりと顔が見えている訳ではないが。

「レイはエリサと恋人ってことになっているけど、どうなの？　実際のところは」

「実際のところ？」

「今までに誰かと交際した経験はあるの？　レイって、大人びているし」

アメリアの声が徐々に小さくなっていく。

経験か。

その手のことは、未だによく分かっていない。

俺はずっと戦うことしかできなかったから。

過去にハワードとそんな話をした記憶もあるが、レイにもいつか分かる日が来る、と言われただけだった。

「特にないな」

「本当に？」

「あぁ」

「でも、女性慣れしてるわよね」

「伝えたことはあると思うが、俺は女性の多い環境で育ったからな。その影響だろう」

「ふーん。で、興味はあるの？」

やけにアメリアは突っ込んだ話をしてくるな。

まぁ、これもいい機会だ。

少しは真剣に考えてみてもいいのかも知れない。

「興味は……あると思っている」

「へっ⁉」

アメリアが急に変な声をあげる。

逆に俺が、その反応に驚いてしまうほどに。

「そんなに驚くことか？」

「ご、ごめん。ちょっと驚いちゃって」

「そうか。まぁ、話を続けよう」

俺が興味がある、と言ったのは何も漠然とした思いからではない。

「昨日、パーティーがあっただろう？」

「うん。そうね」

「その時に過去の仲間に会ったんだ」

「えっと……部隊の人たち？」

「そうだ」

アメリアには詳細に極東戦役のことは話していないが、部隊に所属していた程度の話はしている。

「大佐とフロールさん。その二人は結婚しているんだが、もう二人目の子どもが生まれると聞いてな」

「おめでたいわね」

「あぁ。二人とも、とても幸せそうだった」

あの時の二人の表情。

フロールさんはとても慈愛に満ちていた。

大佐は恥ずかしそうにしながらも、とても嬉しそうだった。

自分の子どもが生まれる。

そんな感覚は俺にはまだ分からないが、とてもいいものだと思った。

「だからこそ、興味が湧いたというところだな」

「どうしよう……思ったよりも、真面目な回答が来ちゃった……」

アメリアは下を向きながら、小声で何かを言った。

「どうかしたか？」

「ううん！」

「アメリアの方はどうなんだ？」

「私？」

「あぁ」

「う、うぅん……どうなんだろう。その、私は実際婚約しないといけないし。あまり自由な恋愛はできないかも？」

「かも？　どうして濁すんだ」

「レイのばか」

アメリアはブスッと横を向いてしまう。

どうやら、また何かやってしまったようだ。

「アメリア。済まない。気に障ったか？」

「別に。でも、レイは私が知らない人と婚約したらどう思う？」

「素直に祝福する」

「……そうよね」

アメリアは諦めたような顔をするが、俺は自分の心に何か違和感を覚えたような気がした。

「いや、でも……心に何か違和感を覚えるかも知れない」

「違和感？」

「あぁ。もしかしたら、寂しいのかもな」

「レイでもそう思うことがあるの？」

「そうだな。その感情は否定しない」

ずっと閉ざしてきた心。

それも、学院に入ることでかなり改善することができた。

その中でもアメリアとは本音で話しあってきた。

「ふーん。そっか！」

ニコッとアメリアがとても嬉しそうな笑顔を浮かべる。

先ほどとは比較にならないほどの。

「急に上機嫌だな」

「ふふっ。まぁね！」

アメリアは急にピタリとその場で止まる。

「レイ。これからもよろしくね？」

「あぁ。もちろんだ」

月明かりに照らされるアメリアの姿。

それはいつもよりずっと――魅力的に見えた。

この感情が何なのか。

俺もいつか、知る時が来るのかもしれない――。

第三章　恋人の証明

翌日の早朝。

俺はいつも通りの時間に目が覚めると、ベッドから出る。

「すぅ……すぅ……」

エリサはまだ眠っているようである。

まぁ、まだ起きるには早い時間だからな。

それに幸いなことに、今日は抱き枕にされることはなかった。

俺は外に、散歩でもしようと部屋を出ていくと、雪がかなり積もっていた。

積もるとは思っていたが、これほどとは。

今は晴れているが、今日も雪が降るかもしれないな。


「やっぱり、もう我慢ならないわっ！」

背後からそんな声が聞こえてきた。

声の方に体を向けると、そこにはエルフたちが立っていた。

人数としては十人程度だろうか。

その中で一人、明らかに目立つエルフの女性がいた。

「あの。何か御用でしょうか？」

「あなた、エリサの恋人でしょう」

「はい。そうです」

「でも、私は見たのよっ！　昨日、別の女と話をしていたでしょう⁉　浮気ねっ！」

「別の……？」

昨日、別の女性となると……。

なるほど。

どうやら、アメリアのことを言っているようだな。

俺は浮気ではなく、友人であることを伝える。

「友人です。浮気ではありません」

「嘘（うそ）っ！　浮気でしょう！」

「えっと……」

何やらかなりヒートアップをしているようだ。

ただ顔つきはどことなく、エリサに似ているような……。

そんな印象を抱いた。

「すみません。あなたは――」

「こほん。自己紹介が遅れたわね。私はキャシー。第三王女よ」

第三王女、ということはエリサの姉君ということか。

まさかエルフの王族と、このような形で接することになるとは。

「自分にまだ妹がいると知って、私はとても嬉しかったの。いつ話をしようかなぁとずっと考えていたのに、エリサには人間の恋人がいた。それでも、私は理解しようとしていたわ。人間だって、決して悪くはないのだと。だからずっと、見極めていたの」

見極めていた、か。

どうやら、ずっと見られているとは思っていたが、彼女の視線だったようだ。

確かに俺のことを値踏みするような視線だったからな。

「けれど！　やっぱり、人間は信用できないわっ！　エリサを一途に愛していないことは、明白だものっ！」

ビシッと指先を俺に向けてくる。

一途にエリサを愛していない、というのはあながち否定はできなかった。

ただ、俺はエリサの恋人役を全うする任務を課せられている。

ここで引き下がるわけにはいかなかった。

「そんなことはありません」

「ふんっ！　口だけよっ！　でも……私が課すいくつかの試練を乗り越えられたら、認めてあげてもいいわ」

「試練ですか？」

「ええ」

感情的になっていると思いきや、彼女は冷静になって会話を続ける。

どうやら、その試練とやらが初めから本題のようだった。

「エルフの森のどこかに存在するマンドレイクを取って来られたら、認めてあげてもいいわ」

「マンドレイクを取ってくるだけですか？」

マンドレイクとは、人間の胴体と手足に似た形の根を持ち、根には幻覚、幻聴を起こす神経毒がある。

現代においても鎮痛剤・麻酔剤などに用いられていたりもする。

ただし収穫が困難なので、今となっては魔術による医療が中心になっているが。

「ふん。これはエルフの中でも最難関の試練とされているわ。マンドレイクが生息している場所に向かうまでには、モンスターが蔓延(はびこ)っている。それに、マンドレイクの収穫も危険。地面から引き抜くとき、マンドレイクは凄(すさ)まじい悲鳴を上げるの。その悲鳴で気絶して、モンスターに食べられてしまうこともある。どう、恐ろしいでしょう？」

「……」

俺は少しだけ黙って、マンドレイクの収穫について考える。

マンドレイクに関して、俺は収穫の経験がある。

軍人時代に師匠に教えてもらったからだ。

ただ、俺はこの森の生態系を把握していない。それだけが問題ではあるが、ここで逃げるという選択肢はない。

エリサの恋人を演じ切るためにも、俺はその試練を受けることにした。

「これが無茶な話っていうのは、私も分かっているわ。でも、エルフの王族を守れるだけの力は絶対に必要なのよ？　まぁ、泣いて謝るのなら許してあげないこともないけど？　もちろん、エリサとは別れてもらうわ」

「分かりました」

「ふん。そう。やっぱり、逃げるのね」

「いえ。マンドレイクの収穫、行かせていただきます」

「へ？」

彼女は理解できない、という顔をしていた。

その口ぶりからして、俺が受けるとは思っていなかったのだろう。

「さっそく準備をして、現地に向かいます。時間制限などはありますか？」

「ゆ、夕暮れまでに戻ってくれば……」

「分かりました。では、失礼します」

俺はすぐにその場から去って、準備を始めることにする。

幸いなことに、バックパックは持参している。

飲み物と食料を用意して、サバイバル用の道具はないので、そこは魔術などでカバーしていこう。

いつだって、万全な準備ができるわけではないからな。

まだ早朝で起きている人たちも少ない時間帯である。

今日は昨日に引き続きエルフの国の視察の予定だったが、こういう状況ならこちらが優先だろう。

そう思った俺は、寝ているエリサに置き手紙を残していくことにする。

「よし」

準備は完了した。

制限時間は夕暮れまでか。

冬ということもあって、現在は日が落ちるのが早い。

今から考えると、残り時間は十二時間もない。

森の中にあるマンドレイクを収穫。

そして、ここまで戻ってくることも考えないといけない。

「ね、ねぇ」

俺が早速森の中に入ろうとすると、キャシー第三王女が声をかけてきた。

「はい。なんでしょうか？」

何やら、慌てている様子である。

「……本当に行くの？」

「はい。エリサとの仲を認めてもらうためには、この程度の障害は乗り越えないといけない。そうでしょう？」

「ま、まぁ……そうだけどっ！」

「エリサや他の友人には必ず帰ってくるとお伝えください」

「あっ、ちょっと――」

時間を無駄にはできないので、俺はすぐに森の中へと入っていく。


エルフの森はかなり生い茂っていた。

木々には雪が積もっており、地面もほぼ全てが雪に覆われていた。

現在、俺はシャクシャクと音を立てながら雪の中を進行している。

「ふむ。なるほどな」

俺はある程度歩くことで、環境を把握する。

今回はどちらかといえば、この雪に気をつける必要がある。

冬特有の低気温、さらには雪が降ったこともあって、さらに気温が低くなっている。

この環境で注意すべきなのは、低体温症、凍傷、雪眼炎などである。

今はまた、パラパラと雪が降ってきている。

雪に反射する太陽光が、角膜を傷つける雪眼炎には特に気をつけたい。

それにこの環境で汗をかくことは、一番危険である。

水は空気より五十倍も早く体温を奪うので、濡（ぬ）れないことが何よりも重要になってくる。

このように、冬という環境は思ったよりも危険が多いので、十分に注意して進行する必要がある。

「魔物は寝ているのか？」

時期的な問題もあって、魔物は冬眠している可能性が高い。

魔物の生態系は動物と酷似しているので、冬眠は珍しいことではない。

俺は十分に周りを確認して進むが、特に異常はない。

ただしばらくして、魔物たちが姿を現し始めた。流石（さすが）に、俺の存在を無視してくれるわけではないか。

「ハァッ!!」

襲いくる魔物たちを撃退しながら、俺はさらに歩みを進めていった。

マンドレイクの生息場所は第一質料（プリママテリア）の密度が濃いところとなっている。俺は、周囲の第一質料（プリママテリア）を感じ取りながら、マンドレイクのありそうな場所を探してみる。

そしてしばらくすると、祠（ほこら）のようなものが視界に入った。

「祠か……？」

荘厳な雰囲気を感じるが、そこからはあまり第一質料（プリママテリア）を感じることはできない。

おそらく、マンドレイクなどは生息していないだろう。

そして、その祠とは別方向に行こうとした時のことである。

チラッと視界に人型の影が目に映ったが、すぐに見えなくなってしまう。

まぁ、誰かは知らないが、ここはエルフの森。もしかすれば、エルフがいてもおかしくはない。


それから俺は無事に、マンドレイクを発見することができた。

「よしっ」

俺はマンドレイクを早速引き抜いて、叫び声を上げる前にナイフで処理をした。

ただしマンドレイクは引き抜かれると、周囲に大量の第一質料（プリママテリア）を放出する。

魔物たちにとって、第一質料（プリママテリア）の摂取は食事と同じくらい重要なことである。

また、魔物がマンドレイクを直接食することはない。理由としては、人間のように器用に叫び声の処理ができないからだ。マンドレイクの叫び声は、簡単に鼓膜を破ってしまうため非常に危険である。

『ギィイイイイアアアアア‼』

そしてやはり、周囲から魔物たちの雄叫（おたけ）びが聞こえてきた。

マンドレイクを収穫したせいで、魔物たちが俺を取り囲むように出現して来ていた。

これだけの危険度ならば、試練と言われても納得できるが……。

「まぁ、こんなものか」

俺は手早く魔物たちを処理すると、颯爽と森の中を駆け抜ける。

このままいけば、夕方前には戻ることができるな。

そして俺は、さらに速度を上げていく——。

◇

「近かったようね」

「あぁ。姿は見られたかもしれないが、特に問題はないだろう」

レイが森の中でマンドレイクを収穫する一方、レイが見かけた祠には二人の人物がいた。

一人はシリルというエルフ。彼は王の弟である。もう一人は優生機関所属のビアンカだ。

「エリサの招待の件も、上手くいったようね」

「手を回すことは、別に問題なかった。色々と彼女の場合は、理由をつけることができるからね。あとは時間が経つのを待つだけだ」

祠をただじっと見つめ続けるシリルに、ビアンカは質問を投げかける。

「それで、この下にあるのが——例のアレ、かしら？」

「そうなるね」

「対物質(アンチマテリアル)コード。それに干渉できるのは、彼だけだと思っていたけれども……」

シリルは少しだけ興奮気味に声を発する。

「魔術の深奥に最も近い技術。だがあれは、彼だけのものではない。エルフの魔術には、酷似したものが存在する。いや、そもそも魔法と魔術に本来は違いなんてないんだ。そこにあるのは、ただ超常的な現象を具現化するためのプロセスなのだから」

饒舌(じょうぜつ)に語るその姿は、彼の魔術への探究心を示していた。

「エルフは長寿だ。元々、魔法や魔術なんて気にしてはいなかった。けれど、今我々が使っている技術は魔術だ。このことはどう思う？」

「やはり、人為的な干渉があったと？」

「その通りだ。やはり、魔術の始祖であるフリージア＝ローゼンクロイツは人為的に干渉しているに違いない。その背後には、大きな目的がある。決してそれは、夢物語ではない」

熱のこもった視線。

シリルの探究心はもはや止(とど)まることを知らなかった。

「ふふ。あなたのその探究心、私は好きよ？」

ビアンカは妖艶な笑みを浮かべる。

それは見たものを虜(とりこ)にしてしまうような、そんな表情だった。

しかし、シリルはそんなものには興味はない。

彼が信じているものは――。

「僕は絶対に、その極地にたどり着いてみせる」

「期待しているわ」

「優生機関(ユーゼニクス)は技術共有を求めているんだろう？　今回の件がうまく行けば、知識は共有するよ」

互いに利用しあっている関係。

それをシリルはよく理解していた。

あくまでこうして話をしているのは、利害関係があるからだ。

「ええ。でも私の個人的な狙いは――別にそこではないのよねぇ」

「では、何だと？」

「因果律蝶々(バタフライエフェクト)。知っているでしょう？」

シリルは顎に手を当てて、思案する素振りを見せる。

「因果律に干渉する固有魔術(オリジン)か。確かに、あれはなかなか唆(そそ)られるものがある」

「でしょう？」

「なるほど。目的は魔術記憶(エングラム)の回収、ということか」

シリルは察した。

対象の魔術記憶(エングラム)を確保できれば、その魔術を移植して使用することが可能だからだ。もちろん、まだ理論的な部分の話にはなるが。

「そうなるわね」

「ただし、魔術記憶（エングラム）は絶対的なものではない。あれの移植はかなり困難だと聞くけれど」

「ま、そこはどうにかするわよ」

ビアンカにとって、そこは専門領域ではないので、彼女の反応はそれほどしっかりとしたものではなかった。

「魔術解放、いや魔法復興かな？　名称はともかく、その思想は素晴らしいものだ。共に世界の真理に到達しようじゃないか」

優生機関（ユーゼニクス）の目下の目標――名称は、魔術解放と言われている。

厳密に言えば、シリルの言う魔法復興も正しい。

表現はどちらにせよ、この魔術に支配されている世界を変革させることが、真理世界（アーカーシャ）に到達する鍵なのである。

「ええ。そ・れ・と、くれぐれも動き出す時を間違えないでね？」

ビアンカはシリルに念を押した。

決して、タイミングを見誤らないようにと。

「あぁ。分かっているよ。ラルドにも僕の指示で動くように言ってある」

「確か、第一王子よね？　彼も協力しているの？」

「そうだ。彼もまた、魔術に対して素晴らしい思想を持っている。まぁ、その辺りの動きは任せてほしい」

シリル本人は純粋に笑ったつもりだが、彼の顔には邪悪な笑みが浮かんでいた。

◇

俺は無事に森から戻ってくることができた。

時刻はまだ昼過ぎで、思ったよりも早く済ますことができたようである。

そして、優雅にお茶を嗜(たしな)んでいる彼女のもとに俺はやって来た。

「あの」

「ん？　あぁ、諦めて帰って来たのね」

自分の予想通りである、という声色である。

なるほど。

俺がこの短時間でマンドレイクを収穫したとは、思ってもみなかったということか。

俺からしてみれば、森自体はそれほど難易度の高いものではなかった。

軍人時代には、もっと高難度の森を経験しているからな。

「いえ。取ってきました」

「何を？」

「マンドレイクです」

俺は右手に持っているマンドレイクを彼女に差し出した。

「……へっ⁉」

驚いている、というよりも信じられないものを見ているような顔に変化していく。

「ほ、本物……⁉」

「はい。本物です」

「どうやってこの短時間に⁉」

「普通に行って戻ってきただけですが」

「普通に？」

「はい」

彼女は頭に手を当てて、何かを考えているようだった。

気持ちの整理をしている、といったところか。

「ほ、本当なの？」

「証拠はありますが」

「ぐ、ぐぬぬ！　でもこれくらいで認めるわけにはいかないわ！」

キャシー第三王女は声を荒らげる。どうやら、試練とやらはまだ続くらしい。

「というと？」

「ふん。ついて来なさい。ここから先は、実際に私も隣で見るわ。さぁ、次の試練に行くわよっ！」

「分かりました」

俺は特に反論することもなく、エリサとの仲を証明するべく、彼女の後に続いていく。


「よし、じゃあこれはどうかしらっ！」

次は川にやってきていた。

ここでどうやら、指定した時間以内に一定数の魚を確保する、という試練を課された。

「ふふん。ここの川の魚はかなり機敏。慣れたエルフでも、取るのは難しいのよっ！」

「終わりました」

「……えっ⁉」

俺は手早く、一気に魚を素手で取ることにした。

これ自体は過去にも似たような訓練の経験があるので、特に問題はなかった。

「うぅ……じゃあ、次よっ！」

「分かりました」

次は調理だった。

なんでも、キャシー第三王女の舌に合う調理をしろ、とのことだった。

「ふん！　これは流石に無理でしょう。調味料も、塩だけしかないし」

「できました」

「……ゴクリ」

先ほど取った魚をその場ですぐに調理した。

口に合うと良いのだが。

「んっ⁉」

彼女はパクリと一口食べた瞬間、大きく眉を上げた。

反応は否定的なものではないようだった。

「……美味しい」

「それは良かったです」

「でも、塩だけよね⁉」

「そうですね。調味料は手元にあるものだけでしたが、塩加減と火加減で十分美味しいものにできるかと」

「ぐ、ぐぬぬ……」

彼女は悔しそうに、一気に焼いた魚を平らげてしまった。

それはもう、とてもつもない速さで。

初めは純粋に俺という人間が気に食わないだけなのかと思っていた。

ただ、こうして会話をしてみると、それだけではないような気がしてならない。

「この実力……どうやら、マンドレイクを取ってきたというのも本当のようね……」

「森での経験は豊富なほうでしたから」

「分かった。認めてあげる。エリサとの仲は、今のところはね！」

「今のところ、ですか？」

「えぇ！　だって、今後あなたがどのような過ちを犯すか、それは分からないでしょう！」

声を大きくして、主張してくるが……確かに、そうだな。

未来のことなんて、誰にも分からないのだから。

「そうですね」

「ふんっ！　まだまだ、あなたのことは信用できないわっ！」

「……」

彼女は依然として、俺に対して攻撃的だったが、それは敵意のあるようなものではないような気がした。

むしろ――。

じっとキャシー第三王女の横顔を見つめる。

「な、何よ」

「心配していたんですね」

「う……」

顔を赤く染めて、プイッと逆方向を向いてしまう。

「エリサのことが心配で、俺を試していたんでしょう？　無理難題も、全ては俺の真意を測るために」

「それは……だって、エルフが人間社会に暮らしているのよ？　半分血を分けているとはいえ、エリサはエルフの身体的特徴がよく出ている。外の世界では、嫌な思いをしてきたかもしれない。だから、恋人のあんたがエリサを本当に守れるのか。それが知りたかったの」

「そうでしたか」

エルフが人間社会に馴染めるかどうか。

確かに、エリサは過去に身体的特徴でいじめられていた、という話をしていた。

その心配も無理はないだろう。

しかし——。

「大丈夫です。エリサのことは、自分が守ります」

「……っ！」

目を合わせてそのことを伝えると、彼女は耳まで赤くなってしまった。

「まぁ、少しは頼りにしてあげてもいいわ！　でも、覚えておきなさい！　他のエルフたちも、エリサのことは心配しているの！　新しい試練がまだ待ち受けているから！」

「ご忠告、感謝します」

「ふんっ！」

その長くて麗しい翠色（みどりいろ）の髪を流しながら、彼女は去って行ってしまった。

色々と理不尽なことを言ってくると思っていたが、その真意は全てエリサを心配してのもの。

俺はそんなエルフがいることに、なんだか安心していた。

◇

とある一室。

そこには、四人の少女たちが集まっていた。

「みなさん、よく来てくださいました」

そう言葉にするのは、レベッカだった。

その正面には、アメリアとアリアーヌ。

部屋の隅っこでは、興味なさそうな表情をしているマリアがいた。

貴族の令嬢である彼女たちは、エルフの国の視察や挨拶などで多忙を極めていた。

レイとの時間を過ごしたいと思っていても、そうできないのが現実だったが、やっと時間を作ることができた。

もっとも、アメリアは抜け駆けのような形で、夜にレイと会っていたのだが。

そして、現在は急にレベッカが二人を招集したのである。

「レベッカ先輩。どうしたんですか？」

アメリアはレベッカに質問を投げかける。

この招集にアメリアだけではなく、アリアーヌもまた戸惑っていた。

「なんで、私の部屋なのよ……」

ボソリ、と呟く（つぶやく）マリアは不満そうである。

この宿舎の角部屋であるマリアの部屋は、密談をするのにちょうどいい。

そう思って、レベッカはアメリアとアリアーヌを呼んだのだ。

「こほん。みなさん、この現状についてどう思いますか？」

「現状……というと、レイのことですか？」

「ええ。そうです」

「それは——」

アメリア自身も分かっている。

これは非常に良くない兆候であると。

レイはいつだって鈍感である。

特に恋愛事に関しては。

しかし、このままいけばエリサのことを異性として意識してしまうかもしれない。

いや、レイに限ってはそんなことはない……とアメリアは思うけれど、やはり心の中にある猜疑心を拭うことはできない。

——だって、同じ部屋で寝泊まりしているのよっ⁉　何か間違いがあっても、おかしくはないわっ！

そう思うのも、無理はなかった。

「私は、その。非常にまずいと思っています」

「アメリアさんの言う通り、これは非常に由々しき事態です」

まるでその言葉を待っていたかのように、レベッカは雄弁に語り始める。

「レイさんはとても魅力的ですが、誰にだって欠点はあります。彼の場合は、鈍感さですね。ただし！　今回のような偽物の恋人を演じる上で、レイさんは気がついてしまうかもしれません！」

「な、何にですの……？」

この場の雰囲気に呑まれていたアリアーヌが、やっと口を開いた。

はっきりとレイへのアプローチを決めていないアリアーヌは、まだ戸惑いをみせていた。

「恋愛感情にです！」

「そ、そうなんですの？」

「ええ！　これは間違いありません！　しかし、恋愛感情に目覚めるのはいいのです。その時に、目の前にエリサさんがいるのが非常にまずいのです！」

「な、なるほど……？」

ピンと来てないアリアーヌは、なんとなく分かっているような口調で答えた。

「でも、どうしようもないと思いますけど」

「アメリアさんの言うとおりです。ただ状況は少しだけ、複雑なようで」

レベッカは独自の情報網で集めた情報を開示する。

「実は、エルフ側はレイさんのことをよく思っていないようで。特に王族の方々は、人間の恋人なんてけしからんと考えている。そこで実は協力関係を打診してきました」

「協力関係？」

「はい。レイさんにはいくつかの試練を課すようです。その中で、私たちもその試練の一部として参加することになりました」

「試練ですか。その内容は？」

レベッカは一呼吸置いて、その内容を発表する。

「レイさんを誘惑することです」

彼女はまっすぐ真剣な瞳で、そう言葉にした。

「えっ⁉」

「ゆ、誘惑……っ⁉」

「へっ……⁉」

この会話に参加していないマリアでさえ、今のレベッカの言葉には動揺していた。

女性から誘惑をする、それも三大貴族の令嬢が。

その事実は三人を動揺させるには、十分過ぎるほどだった。

「こほん。誘惑、と言うと言葉が少し悪いですが、レイさんには恋人に真摯に向き合っているのか、他の女性に目移りしないのか。そんな試練を課すことになりました」

「な、なるほど……」

動揺している中、なんとかアメリアが言葉を絞り出す。

「と言っても、あまり派手にする必要はありません。ちょっとレイさんとお話をする程度です。そのアプローチ方法は、まぁ、お好きにしてもらってもいいですが」

ニコッと微笑(ほほえ)むレベッカだが、その目は笑っていなかった。

「「……」」

アメリアとアリアーヌは、レベッカの言外の意味をハッキリと理解していた。

つまり、レイに対して積極的にアプローチすることが可能である。

しかも、合法的に。

「あ、ちなみに今回はマリアも参加ということで」

「えっ⁉　私がっ⁉　なんでっ⁉」

「向こうの希望です。四人程度は人数が欲しいとのことで」

「いやよっ！　そんなっ！」

「マリア。あなたは私に借りがあるわよね？」

「う、うぐ……」

レベッカが言及しているのは、マリアがレイと恋人のふりをしたことである。

今となっては、あの行動がレベッカを救うためであったのは分かっているが、それでもレベッカが傷ついた事実に変わりはない。

その件は借りにしてもらってもいい、そう言ったのは他でもないマリアだった。

ただまさか、こんな形で借りを返すことになるとは、夢にも思っていなかったが。

「ということで、皆さんよろしくお願いしますね？」

パンと軽く手を叩(たた)いて、レベッカは話を終えた。

レイは果たして、この新たな試練を乗り切ることができるのだろうか——。

◇

「ということで、次はこの部屋で待っていなさい！」

「分かりました」

あれで諦めてくれたかと思ったが、俺はキャシー第三王女に別室へと案内された。

曰く、「これであなたの本性を暴いてやるわっ！」とのことである。

とても自信ありげに意気込んでいたので、俺もそれなりに覚悟を決めるが——部屋に入ってきたのは、よく知った人だった。

「失礼します」

「レベッカ先輩？」

そう。

俺の目の前には、レベッカ先輩が立っていた。

先輩は丁寧に一礼をすると、俺の正面に座ったが、いつものような服装ではない。

それは、文化祭の時を思い出すような、メイド服だった。それに、極端にスカート部分も短い気がする。

「レベッカ先輩、これは一体？」

「ふふ。どうですか？　文化祭の時、ちょっといいなぁと思っていたんです」

「はい。よくお似合いです」

さらに詳しい話を聞こうとするが、先輩はにっこりと微笑んだままである。

なるほど。詳細は話すことができない、ということか。

その後、レベッカ先輩は文化祭での思い出話を始めた。

まるで誰かに言い聞かせるような感じであったが、まぁ気のせいだろう。

そして、じっと上目遣いで俺のことを見つめてきた。

「レイさん」

「はい」

先輩がそっと、俺の手に触れてくる。レベッカ先輩の確かな熱が俺に伝わってくる。

「私のこと、どう思っていますか?」

濡れた瞳で尋ねてくるその問いに対して、俺は真摯に答える。

「先輩は本当に素晴らしい人です。尊敬しています」

「ふふっ。そうですか。では、今回はこのくらいにしておきましょう」

レベッカ先輩は立ち上がると、部屋から出て行ってしまった。

一体、これは何を試されているのだろうか。

次にやってきたのは、アメリアだった。

「……し、失礼するわ」

「あぁ」

アメリアが遠慮がちに室内に入ってくる。

心なしか、緊張しているようである。

アメリアの服装もまた、いつもと違う。真っ白なドレスのようだが、右足の方に深いスリットが入ってくる。

確か、東洋の方にこんな伝統衣装があった気がする。

それに髪型もお団子を頭の後ろで二つに結んでいて、とても新鮮である。

「アメリア。よく似合っているな」

「へっ⁉　そうかな？」

「あぁ」

アメリアはそれから、軽く咳払い（せきばらい）をして口を開いた。

「レイはその……エリサと仲良くできているの？」

「もちろんだ」

「へぇ～」

じっと半眼でアメリアが睨（にら）みつけてくるが、それは何かを言いたそうな雰囲気でもあった。

「どうかしたのか？」

「ううん、なんでもないわ。それで、えっと……その。レイは今晩暇だったりする？」

「今晩？」

「うん。ちょっと二人きりで話をしたくて」

俺は前回、アメリアと二人きりになったところを目撃されている。

そのこともあって、俺は現在不信感を持たれている。

いつもならばすぐに応じるところだが、流石に二度目はまずいと俺は考えた。

「今は難しいな。エリサと過ごす時間を優先しないといけない」

「う……そっか」

この言い回しでアメリアは理解してくれるだろう。

そして、アメリアは残念そうに、部屋から出ていこうとするので、俺は微かに声をかけた。

「この埋め合わせは、またいつか」

「うん」

次はアリアーヌとマリアが同時に入ってきた。

「来ましたわっ！」

「なんで私も……」

アリアーヌは頭に大きなウサギの耳をつけ、いわゆるバニーガールのような格好をしている。

マリアの方はフリル装飾の多い白黒の格好をしていた。

もちろん、マリアのスカートの丈も短いものだった。

「レイ？　私の格好はどうですの？」

「あぁ。よく似合っているな。それに、しっかりと鍛えているのがよく分かる」

「ふっ。ふっ、ふっ！　実はまだまだ鍛えているんですのよっ！」

「みたいだな。またいつか、手合わせをしたいな」

「望むところですわっ！」

と、アリアーヌとは盛り上がって会話をすることができたが、マリアは部屋の隅でじっと動かないままである。

「マリア。大丈夫か？」

「大丈夫そうに見える？」

「見えないな。すまない」

「なんで、あんたが謝るのよ」

「今回の件、俺を試すようなものだろう？　その内容は不明だが、ともかく迷惑をかけたなら謝罪をするべきと思ってな」

マリアははぁと深くため息をついた。

「ま、いいわよ。レイは悪くないし」

「それにしてもよく似合っている。マリアは仮装が映えるな」

「もうっ！　あんたはいつも変わらないわねっ！」

そんなやりとりをしてから、アリアーヌとマリアも部屋を出ていった。

最後にやって来たのは——エリサだった。

「うぅ……レイくん」

「エリサか。その格好は、看護師か？」

エリサは看護師の装いをしていたが、どうやら全体的にサイズが小さいようである。胸も大きく目立っているし、スカートも短いので脚がしっかりと見えてしまっている。

ふむ。もしかして、これは仮装パーティーの前夜祭のようなものか？

しかし、それが試練とどう関係しているのだろうか。

「エリサ。その仮装、とてもよく似合っている」

「そうかな？」

「あぁ。とても魅力的だ」

そっと優しくエリサの頭を撫でる。

おそらく、この部屋は見られている。キャシー第三王女が監視しているのは、なんとなく察していた。

俺の反応を窺っているため、ここは恋人らしく振る舞うべきだろう。

「いつものエリサはとても可愛いが、この仮装もいいな。さらに魅力的に見えるよ」

「ふ、ふえぇぇ……」

そっと優しくエリサの頰に触れるが、流石にこれはやりすぎただろうか。

そう思っていると、扉が勢いよく開いた。

「うわあああっ！　もう！　なんで靡かないのよーっ！」

キャシー第三王女は頭を勢いよく掻きむしっていた。

どうやら、俺の対応に満足していないようだった。

「これはなんの試練だったんですか？」

「他の女性に目移りしないかの試練よ」

「なるほど」

ふむ。そんな試練だったのか。

俺としては、みんな魅力的で素晴らしいと思ったが。

「私はね、目を見れば分かるの」

「分かる、ですか？」

「相手が下心を持っているかどうか。でも、あなたは紳士的に対応していた。あの服装に対しても、しっかりと褒めながらも、下心はなかった……」

項垂れるように頭を下げる。

「本当に心技体の全てが揃っている……？　く、くぅ……！　正直、ここまで文句のつけようがないっ!!」

その言葉は俺に言っているというよりも、自分に言い聞かせているようだった。

「それは良かったです」

「まだ、まだ終わりじゃないからっ！　私はまだ諦めていないからーっ！」

そう言って、彼女はどこかに行ってしまった。

「えっと……レイくん。大丈夫？」

「あぁ。それにしても、その衣装はどこで？」

「えっと。キャシーさんの自作なんだって。なんでも、裁縫が好きとかでいろんな衣装を作っているらしいよ」

「そうか。エリサにとっては、姉だろう？　どうなんだ？」

エリサはどこか遠くを見つめるような表情になった。

「とっても優しいよ。みんな私にとっても良くしてくれる。でもまだ、ちょっと距離感が難しいかな？　あはは」

思えば、エリサはこのエルフの国に来てから、かなり歓迎されている印象である。

ただそのことに対して、エリサもまだ戸惑っているということか。

「レイくんには、迷惑をかけて申し訳ないなって……ごめんね？」

「いや、この程度は何も問題はない。最終日まで切り抜けよう」

「うんっ！　ありがとう、レイくん」

反応自体は明るいものだが、エリサは心なしか元気がないような気がした。

◇

明日に備えてすぐに就寝しようと思ったが、やはりあの温泉というものが俺はかなり気に入っていた。

ここは、温泉に浸かってから眠るか。

その方が寝つきもいい気がするしな。

ということで、俺は準備をしてから温泉に向かう。

脱衣所で衣服を脱ぎ、早速中に入る。

すでに夜も遅くなっているので、今は誰も温泉にはいなかった。

頭と体を洗ってから、俺は一人で湯に浸かる。

「ふぅ……」

肩までしっかりと浸かる。

やはりこの温泉、とても素晴らしいものである。

ぜひ、王国にも導入して欲しいものだが。

「あれ？」

誰かが入ってきたようである。

だが、その声は明らかに女性のもの。

それに聞き覚えのある声だった。

「レイくん……？」

「エリサ？　どうしてここに？」

お互いに声をかけるが、俺はすぐにまずい状況になっていることに気がついた。

そう。

俺たちは互いに、衣服を着ていない。

俺とエリサは何も身に纏(まと)っていない状態で、向き合っていたのだ。

エリサの体がしっかりと俺の目に映ってしまう。

しっかりとバランスの取れた体ではあるが、やはり胸の大きさだけは隠しきれない。

圧倒的なボリュームのそれには、流石に少しだけ目がいってしまった。

「きゃっ……！」

「す、すまない。すぐに出ていこう」

もしかして、俺が間違えたのか？

確かにここは男湯だったはずだが……。

そして、エリサの体を見ないようにして出ていこうとするが、エリサが遠慮がちに後ろからこう言った。

「レイくん、その……よければ一緒に入らない？」


話を聞くと、温泉はちょうど先ほどの時間から女湯になったらしい。

なんでももう一つの方はメンテナンスが入るとかで、しばらくは時間制の入れ替わりになるとか。

俺はタイミング悪く、男湯と女湯が入れ替わる時に温泉に入ってしまった、ということだった。

「気持ちいいねっ！」

「あぁ。そうだな」

俺たちは互いの体を見ないように、背中を向けた状態で温泉に浸かる。

不思議な状況ではあるが、俺はどこか心地よさを覚えていた。

「エルフの国はいいところだな。王国もいいが、こういった自然が豊かなところも素晴らしいものだ」

「うん。そうだね」

「エリサは結局、どうするのか決めたのか？」

「どうだろう。確かに、みんなとても優しいけど」

エリサは言い淀む。

彼女はこれから、王国で人間の中で生きるのか、それともエルフたちと生きるのか。

その二つの選択肢がある。

エリサの外見的特徴から考えれば、きっと、エルフの国の方が快適な生活を送ることができると思う。

やはり、人間は見慣れないものを忌避する傾向にある。

きっとこの先、エリサはその身体的特徴を指摘されることは避けられないだろう。

俺たちの学院でも、まだエリサを好奇の目で見ている生徒もいるしな。

「もうちょっと、考えてみるね？」

「あぁ。そうするといい」

それから少し沈黙してると、再び声が聞こえてきた。

「やったー！　温泉だよーっ！」

「キャロル。あまり騒ぐなよ」

もう夜もいい時間になったので、みんな就寝していると思っていたが……。

まさかここで、キャロルとアビーさんがやってくるとは。

俺は流石にやばいと思うが、一体どこに身を隠せばいい？

すでに退路は断たれている。

鼻歌を歌いながら、キャロルがすでに中に入ってきている。

「レイくんっ！　私の後ろにっ！」

「あ、あぁ！」

エリサが咄嗟(とっさ)に、後ろに回るように促してくる。

俺は身を小さくしてエリサの背後に隠れる。

これは息を殺して隠れることに徹するしかない。

「あ！　エリサちゃんだっ！」

「えっと、どうも」

キャロルが温泉に入ってきて、エリサに近寄ってくる。

くそ。

キャロルのやつ。相変わらず、フレンドリーなのはいいが、今回ばかりはそれが最悪な状況を生み出している。

「ねね。レイちゃんとエッチなことした？　同じ部屋なんでしょう？」

「へっ⁉」

ビクッとエリサの体が震える。

俺もまたキャロルの発言に驚くが、今はどうしようもない。

「で、どうなのぉ～？　お姉さん、気になるな～？」

「あ、え……っと！　何もないですよ！」

「本当にぃ～？」

「は、はいっ！」

「そんなに大きいおっぱい持ってるのに？」

「キャッ！」

一連の会話とエリサの反応からして、キャロルのやつがエリサの胸を触っているに違いない。

くっ！

俺は今、何もすることができない。

しかし、アビーさんならば――！

「おい」

「いてっ！」

アビーさんが強めにキャロルの頭を叩いた音が聞こえた。

「あまり生徒をいじめるな。同性でもセクハラだぞ」

「えっ〜、だって気になるんだも〜んっ！　ってあれ……」

「うぅ〜」

気がつけば、エリサはのぼせてしまったのか、お湯の中に沈んでいってしまっている。

「エリサ、大丈夫か⁉」

俺は咄嗟に飛び出し、エリサの体を支える。

「う、うぅん……」

反応からして、軽くのぼせただけらしい。

外に出て涼しいところにいれば、大丈夫だろう。

「え、レイちゃん？」

「レイ。どうしてこんなところに」

「え、えっと……」

久しぶりに見てしまった二人の体。

幼少期は一緒に風呂に入っていたので、互いに裸を見ることには慣れているが、それは昔の話である。

こうして、成長してから裸を見るのは初めてだった。

「い、いやーん！　レイちゃんのえっち！　ってまぁ、その前にエリサちゃんを介抱してあげないとね～。私に任せて～っ！」

キャロルはエリサの体を抱えると、そのままペタペタと音を鳴らして外に連れていく。

まぁ、キャロルに任せておけば大丈夫か。

あいつはその辺りでも万能なやつだからな。

「で、どうしてレイはここに？　まさか、二人で温泉の中でいやらしいことをしていたんじゃないだろうな？　流石に公序良俗に反するぞ」

「実は――」

ということで、俺はアビーさんに一連の流れを説明することにした。

「ふむ。なるほど。タイミングが悪かったということか」

「はい」

「そのことは理解した」

「ありがとうございます。では、自分はこれで」

「待て、レイ」

「なんでしょうか？」

アビーさんに呼び止められてしまう。

俺としては、早くこの場から去ってしまいたいのだが……。

「せっかくだ。一緒に入ろうじゃないか」

「しかし、それは流石に」

「まぁ、たまにはいいじゃないか」

「分かりました」

俺たちは互いにタオルで身を隠しながら、話を続ける。

「そういえば、燐煌(りんこう)の魔術師に会いましたよ」

「おぉ。そうだったのか」

アビーさんは意外そうな顔をする。

そういえば、アビーさんにとってもあの人は先生なのか。

外見的に見れば二十代に見えるが、もっと上なのは間違いない。

「なんというか、包容力のある人ですね」

「だろう？　あの人は、当時は凄まじい人気があった。特に女子生徒からの人気がすごくてな」

「そうでしたか。しかし、それも理解できます」

「それにリディアが唯一、頭の上がらない人でな」

「それは少し聞いたことがあります」

アビーさんは嬉しそうに、過去を思い出しているみたいだった。

そんな表情は久しぶりに見た気がする。

「リディアは学生時代はもっと酷(ひど)くてな。天上天下唯我独尊。世界の全てが自分中心に回っていると思っているやつだった」

「あはは……それは、すごいですね」

学生時代はやばかった、という話はなんとなく聞いていたが、まさかそこまでとは。

まぁ、でも師匠らしいのかもしれない。

暴れ回っている姿が容易に想像できる。

「だが、先生の言うことだけは聞いていた。と言うよりも、先生の方が強かったからな。軽くあしらわれていたよ」

「それは……凄いですね」

「あぁ。マリウス先生の魔術は、燐煌。自身の第一質料を光る粒子に変換し、それらを起点として線を生み出す魔術だ」

「珍しい、と言うよりも聞いたことのない魔術ですね。固有魔術ですよね？」

「そうだ」

燐煌の魔術師。

名前だけは知っていたが、具体的な魔術までは知らなかった。

だが、聞いただけでもかなり強力であることが分かる。

粒子を点として、それらをつなぎ合わせて線にしていく。

その線の出力がどれくらいのものか不明だが、七大魔術師であることを考えると、あらゆるものを貫通させることも可能かもしれない。

「だが、先生の凄いところはそこではない。あの人の魔術は綺麗なんだ」

うう人は私は見たことがないな」

「とても優雅にコード理論を進行させていく。後にも先にも、先生以上に綺麗な魔術を使う人は私は見たことがないな」

昔話に花を咲かせる、とまではいかないかもしれないが、こうして久しぶりにアビーさんと話をするのはとても有意義だった。

「と、すまないな。つい、熱が入ってしまって」

「いえ。とても興味深い話でした」

俺はそして、少し気になったことを尋ねてみることにした。

「そういえば、アビーさんはこの国で何をしているのですか？　視察などですか？」

「ん？　まぁ、そうだな。そんな感じだ」

はぐらかされてしまったが、視察とは別にアビーさんは動いているようである。

俺はさらに追及はしなかった。

話さないということは、アビーさんなりの理由があるからだろう。

そうしていると、再び勢いよく温泉の扉が開いた。

「ヤッホー！　エリサちゃんは大丈夫だよ～っ！　今は寝ているみたいだからっ～！」

キャロルのやつが帰ってきてしまった。

さて、ここで俺は退散しておくか。

「アビーさん。それでは自分はここで」

「あぁ。分かった。またな」

「はい」

そして、逃げるように温泉を後にしようとするが……。

「えっー！　もう上がっちゃうの～？」

「あぁ。じゃあな」

「いーやーだーっ！」

「うおっ！」

キャロルが全裸のまま、俺の体に絡みついてくる。

こいつは無駄にプロポーションがいい上に、自分のことをよく理解している。

「ねね？　私のおっぱい、気持ちいいでしょ？」

ぎゅうと潰れるほどに押し付けてくる胸部。

加えて、囁くように俺の耳に声を当ててくる。

俺は流石に痺れを切らして、キャロルの腕を摑むと一気に一本背負いをした。

もちろん、俺はキャロルが受け身をとれることは分かっていた。

キャロルはくるりと可憐に受け身を取ると、何事もなかったかのように笑みを浮かべる。

「きゃっ！」

「キャロル。流石にやりすぎだ」

「えへへ～。でも、嫌じゃなかったでしょ？」

「いや、普通に不愉快だった」

「え～、なんで～っ！　もう！　ぷんぷんがおーだぞっ！」

わざとらしく頰を膨らませて、キャロルは憤慨しているというアピールをしてくる。

全く、こいつは本当に変わらないやつだな。

「レイ。こいつは私が押さえておく」

「ありがとうございます」

「うわーんっ！　レイちゃんと一緒に、お風呂に入りたかったのにっーー！」

第四章 最終試練

私は結局、どうしたらいいんだろう。

夜。ベッドで横になりながら、私は考えていた。

私はどうやら、温泉で倒れてしまったらしい。そこでキャロル先生に介抱されて眠っていたけど、目が覚めてしまった。

隣では、レイくんが微かに寝息を立てている。

初めて知ったことだけど、レイくんはとても静かに睡眠を取っている。

まるで、眠っていることを何かに悟られないためかのように。

レイくんの過去は知っている。

極東戦役で戦った末に、この学院に辿り着いたのだと。

きっと、これは戦争の時の影響なのかもしれない。

レイくんはとても眩しい。

私なんかと違って、周りにはたくさんの人が集まっている。

本当はレイくんの隣にいる資格なんてないことは分かっている。

偶然、あの時。

レイくんが声をかけてくれたから、私はみんなと出会うことができた。

私は誰かに声をかける勇気なんてない。

友達を自分から作る勇気なんてない。

だって、もう傷つきたくはないから。

そんな時、私は夕ご飯の時にクラリスちゃんに話しかけられた時のことを思い出していた。


「エリサ」

「クラリスちゃん」

私が一人になったタイミングで、彼女が側にやってきた。

初めは、クラリスちゃんは子どもっぽい人だなと思っていた。

でも実は、すごくしっかりとした人だった。

クラリスちゃんは周りがよく見えている。私はそんな印象を抱いていた。

「人気者ね」

「そう……かな」

私はエルフの王族ということで、手厚い歓迎を受けている。

確かに、この国は過ごしやすい。

人間と一緒に暮らすことで、辛い思いはたくさんしてきた。

このエルフの特徴的な耳によって、周りから好奇の目で見られる。

理屈としては分かっている。

このエルフの国の方が、私にとって暮らしやすい。

何不自由なく、私はエルフたちの中で生活していけるだろう。

ハーフエルフとはいえ、エルフの特徴が色濃く出ている私は、ほとんど純粋なエルフと変わりはないから。

「エリサは、この国に残るの？」

「それは――」

即答すればいい。

それは分かっているけど、私は躊躇(ちゅうちょ)していた。

クラリスちゃんは私のことを友達と思ってくれている……でも、私はどうなんだろう。

私は本当に、クラリスちゃんの友達に相応(ふさわ)しいのかな？

周りに合わせて愛想笑いをして、一定の距離を保つ。

自分の殻にこもっていることが、一番大事だから。

「迷っているの？」

「う、うん……」

そう。私は迷っている。

エルフたちの中で暮らした方が、いいと分かっている。

分かっているのに、決断ができない。

心の奥底で、何かが引っかかっている気がするのだ。

「私は――エリサと別れたくない」

「え？」

クラリスちゃんは、真っ直ぐ純粋な瞳でそう言ってきた。

「もちろん、みんなは大切な友達よ。でもその中でもやっぱり、エリサは私にとって特別だから」

「特別？」

「ええ。エリサは私のことをよく見てくれているし、とても気が合うの。ずっと友達のできなかった私にも、初めて友達の大切さが分かったわ。でも……エリサが、人間の世界では窮屈で生きづらいと思っていることも知っている。だから……」

クラリスちゃんは無理をして、笑顔を作った。

「無理強いはしないわ。私は、エリサの選択を尊重するから」

「クラリスちゃん……」


あの時の会話がいつまで経っても忘れることができない。

私は本当はどうしたいんだろう？

ここまで言ってくれるクラリスちゃんに本音を伝えずに、ずっと黙っているままで本当にいいのだろうか？

色々な思いがぐるぐると巡る。

こんな優柔不断な私が本当に嫌になる。

自分は人間なのか。

それとも、エルフなのか。

その答えは——まだ見つかりそうになかった。

◇

朝になった。

俺が起きると、隣で眠っていたエリサも起床する。

「う、うぅん……」

「エリサ。体調は大丈夫か？」

「うん。レイくん、おはよう」

「おはよう」

エリサはそれから、急に顔を赤く染めた。

「あ、あああ……の。昨日の温泉のこと、覚えてる？」

「まぁ、一応」

「その！　わ、忘れてね！　ね！」

念を押されるが、記憶をすぐに消すことは不可能である。

ただ俺は真摯に応えることにした。

「善処しよう」

「う、うん！　お願いだよ……？」

エリサは不安そうな顔をしていたが、今はすっかりと落ち着いたものになった。

「レイくん。今日も頑張ってね！」

「もちろんだ」

今日の予定は特にはない。

このエルフの国に来てからは、正直みんなと一緒に過ごすことができていない。

アメリアたちは視察や挨拶回りで忙しく、エリサも同様である。

アルバートとエヴィはなんでも、気の合うエルフたちがいたらしく、一緒に合同トレーニングをしているとか。

せっかくなので今日くらいはみんなと一緒にいたいと思ったが、外に出るとキャシー第三王女から声をかけられる。

「来たわねっ！」

「おはようございます」

俺はとりあえず、挨拶をすることにした。

「あ、おはよう……って、今は挨拶はいいのよっ！」

「もしかして、新しい試練ですか？」

「これで最後にしてあげるわ！　でも、これは流石(さすが)にあなたでも厳しいはずよ。ふふふ……」

不敵に笑っているが、よほど自信があるのだろうか。

このエルフの国に滞在する期間もあと少し。

そこまでエリサの恋人のふりを続ければいい。

何とか、この試練とやらも乗り越えたいところではある。

本当はもっと観光などもする予定だったが、これぱかりは仕方がない。

「あなたには、お兄様と戦ってもらうわ！」

「お兄様……ですか？」

「えぇ！　第一王子のラルドお兄様よっ！　エルフの中でも、生粋(きっすい)の戦士と呼ばれていて、最強なんだからっ！」

「なるほど。彼に勝利すればいいと？」

「ふん。本当に勝てると思っているの？」

「最善は尽くします」

ということで、俺は最後の試練として、エルフの第一王子と戦うことになった。

キャシー第三王女のあの自信からして、相当の猛者なのだろう。

流石に七大魔術師を凌駕するとは思えないが、それに匹敵する可能性はある。

それに、王子ということで多少は手加減をした方がいいだろうか。

そんなことを考えていると、後ろからあるエルフがやってきた。

一挙手一投足。

その立ち振る舞いと雰囲気からして、かなりの手練れであることは分かっている。

容姿端麗、眉目秀麗、何よりもその鋭い雰囲気は軍人に似たものだった。

エルフはあまり好戦的な種族ではないと思っていたが、彼のようなエルフもいるのか。

「君がレイ＝ホワイトくんかな？」

「はい」

「私はラルド。第一王子だ」

「レイ＝ホワイトです。よろしくお願いします」

握手を交わす。

しっかりと鍛錬していることが分かる、分厚い手だった。

見た目は他のエルフと差異はそれほどなく、どちらかといえば細く見えるが、やはり近くで接すると雰囲気が違う。

「ん？　どうかしたのかな？」

キャシー第三王女とは異なり、物腰柔らかい印象である。

「いえ、よく鍛えていると思いまして」

「あぁ。そうだね。エルフは好戦的な種族ではないけれど、時代に合わせて変化もしてくる。ここ最近は、魔物の侵攻が時折あってね。エルフたちも、自衛するために鍛えているんだ」

「そうでしたか」

エルフのそんな事情は初めて聞いたが、その話を聞いてある程度は納得した。

「まぁ、私としてはこんな試練は無駄だと思っているんだけどね」

ラルド第一王子は俺にだけ聞こえる声量で、そう言ってきた。

「実際、君はキャシーの無理難題を全てクリアしてきた。こうして話していても、人格などに問題はない。ま、この戦いはちょっとしたポーズのようなものさ。キャシーだけではなく、まだ君のことを認めていないエルフはいるからね」

「では、この戦いの勝敗は……？」

もしかして、あらかじめ勝敗を決める……つまり、八百長の提案なのだろうかと思っていると、彼は途端に鋭い視線を向けてきた。

「いやいや、でもやっぱり真剣に戦うべきだろう。私としても、君の実力は気になっている。大規模魔術戦（マギクス・ウォー）では、素晴らしい活躍を見せていたしね」

「見ていたのですか？」

この口ぶりからして、観戦していたことは間違いない。

「あぁ。ちょっとした用で国を出ていてね。その時に観戦したんだ」

「そうでしたか」

「ともかく、この戦いは少し楽しみにしているんだ。お互い、ベストを尽くそう」

「はい」

今回の最終試練は、なんでもキャシー第三王女が喧伝して回ったようで、かなりの数のエルフたちが観戦に来ていた。

他にも、まだ滞在している人間たちも観客にいる。

個人的にも、ラルド第一王子には興味が湧いてきた。

エルフの猛者とはどの程度のレベルなのか。

エルフは魔術に長けていると聞く。もしかすると、俺が知らないような魔術を使うのかもしれない。

「審判はミアに任せるよ。彼女は遠隔視覚系統の魔術を持っていてね。遠く離れていても、われわれの戦いを観測してくれる」

「よろしくお願いします」

ミアさんが頭を下げる。

遠隔視覚系の魔術か。

フロールさんも得意としていたが、使い手はあまりいないレアな魔術である。「それでは、お二人とも並んでください」

俺とラルド第一王子は真正面から向き合う。

「お兄様！　どうか勝利をっ！」

キャシー第三王女が大きな声を発して、応援する。

一方で、その隣にいたエリサも声を発する。

「レイくん！　頑張ってっ……！」

「レイ負けるなよ！」

「レイーっ！　あなたなら大丈夫よー！」

エリサだけではなく、エヴィやアメリアも声をかけてくれる。

他にも後ろにはいつものメンバーが立っていた。これは、負けるわけにはいかないな。

俺は改めてラルド第一王子と向き合って会話を交わす。

「では、良い試合をしよう」

「はい」

そしてついに、最終試練がスタートした。

その纏っている雰囲気からして、すぐに戦闘を仕掛けてくると思っていたが、彼はすぐに森の中へと入ってしまった。

「そうくるか」

相手の武装は弓と短刀。

それは事前に確認している。俺は武器などはなく、魔術だけで戦うつもりである。

また、距離を取ったことから、弓で攻撃してくることは自明。

俺はまず、相手の場所を探るところから始める。

「気配がないな」

刹那。

俺は背後から風の音を感じた。

ヒュッと鳴った音はすぐに後頭部に迫ってくる。

「来たか」

俺は音から軌道を逆算して、すぐに避けるが……その矢は避けた先の俺を追い続けていた。

「――ッ⁉」

頬に掠る矢。

ツゥーっと頬から血が流れる。

俺は血を軽く拭って、移動を続ける。

追尾性能のある矢か。厄介だな。

「――これは？」

次の瞬間、俺は風を切り裂く音を聞いた。だが、矢は見えない。

だというのに、確実に音は迫ってきている。俺は咄嗟にその音から逃れると、後ろの木には深く何かが突き刺さった。

おそらくは、風系統の魔術で生み出した矢。

不可視の矢と言ったところか。

この二つを織り交ぜて、ラルド第一王子は攻撃を仕掛けてくるが、俺はすでに相手の場所を割り出していた。

「そこか」

脳内で見えない矢の軌跡を逆算していく。

俺は射出ポイントに向かって、一目散に駆け抜けていき、移動する最中の相手の姿を捉えた。

「よし」

「どうやら、かなり戦闘慣れしているようだね」

彼は俺の姿を捕捉すると、すかさず弓を構える。

放たれる矢は通常の矢ではなく、魔術によって作られた不可視の矢だった。

だが、相手が射出している瞬間が見えているのならば、避けることは造作もない。

「さて、君の真価を見せて欲しい」

放たれるのは通常の矢であるが、俺は今までと違う雰囲気を感じていた。

彼の瞳は、明らかに先ほどとは違う。

そこにあるのは、期待……そんな気がした。

「そういうことか」

俺は体を一歩引いて、上空から迫ってきた不可視の矢を躱した。

相手が放った普通の矢は、右手で掴み取っていた。

そして、地面には激しく凹んだ跡が残っている。

「分かっていた、ということか」

「はい。その可能性は考慮していました。あくまで弓は、普通の矢を放つだけのもの。それを不可視の矢も弓がなければ射出できないと演出していた。でも実際は不可視の矢には弓など必要はない」

「くく……ははは っ！　流石は最強と謳われている氷剣の魔術師！　この程度の、エルフの知恵など遠く及ばない。でも、それでいい。私は叔父上の計画を全うするだけなのだから」

異質なオーラを放っている。

口調も声色も変わっているし、彼は俺のことを氷剣だと知っていた？

ラルド第一王子は俺の瞳を真っ直ぐ見据えるが、彼の目には正気が宿っていないように思えた。

そして彼は、俺だけしか知らない核心的な言葉を発した。

「氷剣の魔術師が世界を統べる——それは、フリージア＝ローゼンクロイツが残した抑止力を機能させるための計画の名前。君はそのことを誰よりも知っている。世界で唯一、真理世界(アーカーシャ)に直接触れた人間である君ならば」


俺は目を大きく見開く。

どうして、そのことを知っている？

その事実を俺は誰にも共有してない。

アビーさんにも、キャロルにも、それこそ師匠にも俺は伝えていない。

極東戦役での最後の戦い。

俺は兄と戦った後で、夢のような空間に立っていた。

そこで一人の人物と出会って、今の世界の成り立ちを知った。

決して他言してはならない。なぜならば、その事実が広がることは避けなければならないから。


『氷剣の魔術師が世界を統べる』


それは、俺に課された役目。

どうして俺に、減速、固定、還元という力が宿っているのか。

どうして俺は全てを零(ゼロ)に還(かえ)す存在なのか。

その全ては抑止力としての役目が、俺にはあるから。

「どうして、そのことを……？」

「さぁ、どうしてだろうね。ともかく、ここから先は少しだけ乱暴をしよう。彼からの命令を実行するためにも」

瞬間、溢(あふ)れ出(で)る漆黒の第一質料(プリママテリア)。

これは……もしかして。

「ダークトライアドシステム――か」

あの時の。

グレイ教諭の時の暴走に似ている。

それに俺は、このダークトライアドシステムのことをリーゼさんから聞いている。

これは、魔術領域暴走(オーバーヒート)を人為的に発動させるもの。

魔術領域暴走(オーバーヒート)になれば、魔術領域は焼き切れてしまい、ロクに魔術が使えなくなる。

ただし、魔術領域暴走(オーバーヒート)の直前の状態は、もっとも覚醒していると言っていいだろう。

無理やり開いた魔術領域が、最大限の魔術を発動する。

いわば、諸刃(もろは)の剣である。

それをこのダークトライアドシステムは可能にしてしまう。

「ははは!!　さぁ、もっと楽しもうじゃないか!!」

溢れ出る漆黒の第一質料(プリママテリア)が止まることはない。

徐々に勢いを増していく中、俺はどうするか思案する。

『彼からの命令を実行するためにも』

つまりラルド第一王子とは別に、裏で動いている人間がいるということ。

それに、抑止力としての氷剣の役割を知っている人物は、口ぶりからしてラルド第一王子だけではない。

このエルフの国で蠢(うごめ)いている大きな意志を、俺は今になって感じとる。

もしかして――人間をこの国に招待したのも、エリサを呼んだのも、全て何かの計画の内なのか？

その一瞬の錯綜(さくそう)の中、俺は戦うべく氷剣を展開しようとするが、目の前には頼もしい人の背中が見えた。

「レイ。試練は後回しだ」

「アビーさん？」

灼熱(しゃくねつ)に燃え盛る刀を持ったアビーさんが、颯爽(さっそう)と登場した。

アビーさんの紅蓮(ぐれん)の髪は、後ろに大きく靡(なび)いていた。

その姿を見るのは、極東戦役ぶりだった。

俺はまた、あの温泉でアビーさんと話したことを思い出していた。きっと、この時のためにアビーさんは裏で動いていたのかもしれない。

「試練の件は気にするな。今はあっちも、それどころではない」

「それどころではない？」

「あぁ。エルフの国が襲撃されている。それに伴って、エリサが攫(さら)われた」

「エリサがッ⁉」

「ともかく、全ては王の元に行けば分かる。ここは私が対処する」

アビーさんは俺の行き先を指差してくれた。

脳内であらゆる情報が巡る。

やはり、今回の件には優生機関(ユーゼニクス)が絡んでいる。

そして、優生機関(ユーゼニクス)は俺——氷剣の魔術師の真の意味を知っている。

「アビーさん。ここは任せますッ‼」

「あぁ。任せておけ」

俺は誰よりも信頼できるアビーさんにこの場を任せて、エルフの王の元へと疾走していく。

全てが、手遅れにならないために。

第五章　魔術解放

レイくんには本当に頭が上がらない。

ずっと彼には支えてもらってばかりだった。

私は、レイくんの最後の試練を見守っていた。

決して戦いの全てが見えるわけではないけれど、レイくんが頑張っている中で、一人でどこかに行く気分にもなれなかったから。

「レイってば、相変わらずって感じよね～」

隣に立っているクラリスちゃんが、そう言葉にした。

「相変わらず？」

「えぇ。誰にでも優しくて、責任感が強いところ」

「そう……だね」

そうだ。

レイくんは誰にだって優しい。

決して私だけが特別なわけではない。

アメリアちゃん、アリアーヌちゃん、レベッカ先輩……みんな、レイくんに夢中になるのは理解できる。

だって、レイくんはとっても眩しいから。

私の恋人のふりをしてくれるのは、ただその優しさが偶然私に向いているだけ。それ以上の、特別なものなどありはしない。

「うっ……」

胸に鋭い痛みを感じる。思えば、エルフの国にやって来てから、時折胸に痛みを感じていた。あまり気にしてはいなかったが、今になってそれは大きくなっていた。

そして突然、トントンと肩を叩かれた。

振り返ると、そこには見知らぬ女性が立っていたけど、とても気配が薄いというか――存在感があまりないと感じた。

それこそ、触れられていなければ、気に留めてもいなかったような。

「こんにちは」

「？　こんにちは」

とりあえず挨拶をする。

とても魅力的、というよりも妖艶な女性だった。

ニコッと人のいい笑みを浮かべると、彼女は問いかけてきた。

「エルフと人間のハーフ。そんなあなただからこそ、生まれる特別な力があるの。それはご存じ？」

「特別な力？」

そんなものは知らない。

私に特別な力（ちから）なんてものはない。

強いていうならば、私は魔術の知識だけは突出していると思うけど……みんなのような、特別な才能はない。

「ふむ。知らない、いや自覚がないということね。まぁいいわ。そこはあまり、重要じゃないから。発動条件はこの国の第一質料（プリママテリア）を十分に摂取すること。やっと、それも満たされたようね」

「……何を――」

言っているのですか、という言葉は最後まで出なかった。

私は気がつけば、自分の影に飲み込まれていたからだ。

まるでそれは、底なし沼のように沈んでいく。

「エリサ⁉」

「クラリスちゃんっ！　離れてっ！」

これが異常事態であることは分かっていたからこそ、クラリスちゃんの手を撥（は）ね除（の）ける。

もう誰にも迷惑はかけたくはない。

けど、クラリスちゃんは私の手首をしっかりと摑（つか）んできて、そのまま私と一緒に底なしの影に呑（の）み込（こ）まれてしまった。

「ふふ。さぁ――魔術解放の序章を始めましょうか」

瞬間。

彼女の影から大量の魔物が溢れてくるのが見えた。

でも、私が見えたのはそこまでだった——。

◇

アビーさんにあの場を任せて、俺はすぐに森の外へと出て行った。

ただそこは、すでに混沌と化していた。

周囲には魔物が溢れており、完全に阿鼻叫喚の状態となっていた。

エルフたちも懸命に対応しているが、戦えるレベルの戦闘力を身につけているエルフは少ないので、逃げ惑っているものがほとんどだ。

「あ。レイちゃん！」

「キャロル。状況は？」

「うーん。数がちょっと多いよね〜」

俺と話をしながら、キャロルは大量の魔物を魔術で一掃していく。

しかし、とめどなく溢れる魔物はさらに勢いを増していく。

「大暴走レベルだな」

　このレベルの魔物の量は、大暴走と呼ばれる魔物の大暴走でしか見ない。

　ごく稀に起こる現象ではあるが、こんなにタイミングが良く起こるものだろうか――いや、それはあまりにも希望的観測過ぎる。

「キャロル。ここは任せていいか？」

「うんっ！　レイちゃんも気をつけてね！」

「あぁ！」

　俺は王に会うために、疾走する。

　今回は、アビーさん、キャロル、俺――それに燐煌の魔術師であるマリウス＝バセットもいる。

　過半数の七大魔術師が控えていることは相手も分かっているはずだろうに。

　エルフたちだって、決してただ非力なだけではない。この襲撃は、とても成功するものとは思えない。いや、目的はエルフの国の蹂躙ではない？

　――氷剣の魔術師が世界を統べる。

　その言葉を知り、真意を知っている人物がいるということは、もしかして……。

「レイ！　エリサが攫われたのっ！」

　しばらく走っていると、ちょうどアメリアとバッタリと出くわす。

「アビーさんから聞いている！　ただ、問題はエリサがどこに攫われたか」

「そのことは僕から話をしよう」

アメリアの後ろに立っていたのは、エルフの王、アベルだった。

切羽詰まっている状況なのは、彼の表情からすぐに分かった。

「まずは謝罪をさせて欲しい。このような事態に巻き込んでしまって申し訳ない」

「いえ。それで、自分は何をすれば？」

「今回の件、おそらくは弟のシリルによるものだろう。以前からずっと、不穏な動きは感じ取っていた。弟とは価値観が合わずにずっと、ロクに話をしていなかった。それが裏目に出てしまった……それに、シリルが僕の息子であるラルドと懇意にしていたことも知っている。二人が結託して、今回の騒動を起こしているのだろう……」

後悔するように絞り出す声は、とても悲哀に満ちていた。

「弟はエルフの魔術は至高であり、魔術探究をするためにも、この国を開くべきではないと言っていた。当時はそんな考えに聞く耳を持っていなかったが、まさかここまでするとは……」

「魔術探究、ということは？」

「あぁ。君も知っているだろうが、優生機関(ユーゼニクス)と関わっていたのだろう」

「なるほど」

「そんな……」

アメリアも反応するが、それもそうだろう。まさか、ここで関わってくるとは。

そう考えると、色々と得心がいく。

エルフのラルド第一王子の暴走に、魔物の襲撃は全てあくまで前座に過ぎないということか。

「よし。ここだ」

到着した先は、地下室だった。

その先には紋章が刻まれている扉が見える。

「おそらく、弟はこの先にいる。聖域と呼ばれる場所だ」

「聖域……」

「聖域。名前の通り、神聖な領域ということでしょうか?」

アメリアがそう尋ねると、王はすぐに答えてくれる。

「あぁ。エルフの森の根源とも言える、大木のある場所。僕たちはそこを聖域と呼んでいる。扉を開けるには王族だけに伝わる魔術が必要だが、シリルはきっとすでに扉を開けて進んでいる」

扉を開けると、そこには真っ直ぐ道が広がっていた。

「この道を真っ直ぐ進んでいけば、聖域にたどり着くはずだ」

俺はこくりと頷き、最後に疑問に思っていることを訊いた。

「彼はどうして聖域に？」

「聖域にはエルフの秘術が秘められているという。代々、王族はその秘密を引き継いでいるが、詳しいことは知らない。ただ、それには決して触れてはならない。大きな災いが起こると言われている。弟はそれでも、進んだ。あくなき好奇心の果てに……おそらく、外での騒ぎは時間稼ぎなのだろう」

あくなき好奇心の果てに、か。

やはり人間だけではなく、エルフであったとしてもそのような人物は生まれるということか。

俺は微かに、兄のことを思い出していた。全てを知りたいと願い、あらゆるものを犠牲にしようとした兄を。

「残念ながら、僕はこの先には行けない。民を守る為に、行動をしなければならない」

「いえ、ここまで導いてくださって、ありがとうございました」

「ありがとうございます」

「感謝は必要ない。これは全て僕の落ち度だ。ただ、これは王の言葉ではなく、一人のエルフの言葉と思って聞いてほしい。エリサのことを――頼んだよ」

「「はい！」」

俺とアメリアは、そうして先に進んでいく。

攫われたエリサとクラリスを――絶対に助ける為にも。

「それにしても、薄暗いわね」

「だな」

この聖域までの道筋。

決して明かりがゼロというわけではない。

左右に微かに灯(とも)っている明かりが、この薄暗い空間を照らす。

けれど、やはり太陽の光がない、さらには明かりもそれほど強いものではないので、依然として暗いままである。

「レイ。迷いなく進んでいるけど、大丈夫なの？」

「問題はない。トラップがあったとしても、対処はできる」

「流石(さすが)ね」

気配、というよりも強大な第一質料(プリママテリア)を感じる。

この先には間違いなく、何かがある。

エルフたちが守っているという聖域。その中には、一体何があるのか。

「アメリア。魔術の調子はどうだ？」

「トレーニングは続けているし、因果律蝶々(バタフライエフェクト)なら五分は持続できるわ」

「五分か。かなりよくなってきているな」

アメリアの因果律蝶々(バタフライエフェクト)は正直、切り札レベルである。

この世界に存在する因果律に干渉するという、異次元の魔術。

確かに、アメリアが俺のサポート役として選ばれたのは、納得できるものである。

おそらくは、アビーさんの人選だろう。魔術特性だけではなく、アメリアのことはよく知っているからな。

「あれは……？」

人影があった。

悠然と立ち尽くしており、どこか余裕すら感じ取れる。

現れた姿は妖艶な雰囲気を醸し出している、長髪の女性だった。

「私はビアンカ、よろしくね」

「それで、目的は？」

単刀直入に俺は目的を聞き出そうとする。

「うーん。あなたにはこう言えば伝わるかしら——」

そして、彼女は核心的なワードを口にした。

「魔術解放——あるいは、魔法復興とも言われているわね」

「その言葉ではっきりとした。そして、抑止力である俺は」

「ふふ。いいわね、そのオーラ。纏(まと)っているだけでピリピリしてくるわぁ」

恍惚(こうこつ)とした表情はまるで、この状況そのものを楽しんでいるようでもあった。

「で・も・私の今回の目的は、あなたじゃないのよねぇ。私は、そっちが欲しいから。やっぱり、エリサを攫えば来ると思っていたわ。戦力としては、冰剣に次ぐものだから」

スッと指差す先にいるのは、アメリアだった。

「私？」

アメリアは怪訝な顔をするが、無理もない。

その言葉からして、俺を目的としていると思っていたから。

「ええ。レイ＝ホワイトは先に行っていいわよ。この先に、彼は待っているから」

一挙手一投足。

全てを注視していたが、騙すような素振りはない。

本当に言葉通り、俺は素通りさせるつもりなのだろう。

だが、アメリアを一人にしてもいいのだろうか。

そんな不安が脳内に過る。

「レイ」

ハッキリと凜とした声が聞こえてきた。

アメリアの横顔を見ると、覚悟を決めた顔つきをしていた。

「私なら大丈夫」

「だが——」

「レイは先に行って。私は一人でも戦えるから」

アメリアと出会って、その変化を見てきた。

人はなかなか変わることはできない。その変化には時間がかかるが、アメリアは確かに前に進んでいる。

もう、あの時のアメリアではない。

「分かった」

俺はアメリアにこの場を任せて、ビアンカの横を通り過ぎていく。

彼女は言葉通り、俺に何かしてくることはなかった。

アメリア。信じている。

君ならきっと、勝つことができる。

そして俺は、一人でさらに深部へと向かう。

◇

「う……うぅん」

意識が覚醒する。

そこで初めて、自分が縛られていることに気がついた。

「エ、リサ……大丈夫？」

どうやら、クラリスちゃんも目が覚めたみたいだった。

とりあえずは、生きていることに安心するけれど、この場所は一体どこだろう。

「起きたか」

「え？」

背後から声をかけられる。

振り向くことはできないけど、相手が私の視界に入るようにやって来る。

そこにいたのは――現王の弟であるシリルさんだった。

パーティーの場でも顔を合わせているエルフである。

その時は私に優しく接してくれたけど、今はそんな雰囲気は一切ない。

まるで全ての感情が抜け落ちたような顔をしている。

「こ、ここは？」

尋ねてみるけど、正直に答えてくれるかどうか。

「聖域だよ」

「聖域？」

その言葉に思いあたるふしはなかったけど、私は聖域というフレーズからこの場所が特別であることは理解できた。

そして、一応縄が解けないか確認してみるけど……。

「それは解けないし、魔術も発動しないよ」

「魔術も？」

魔術を阻害するようなものがこの縄に組み込まれている？　純粋に私はその魔術が気になるけれども、今はそんなことを考えている場合ではない。

それに、今は時間を稼ぎたかった。

私たちが窮地に陥っているのは間違いない。

ならば、誰かが助けてくれるのを待つしかないと判断したからだ。

「どうして、こんなことをするんですか？」

「魔術の真理を見るためさ」

「魔術の真理……？」

彼の言っている言葉の意味が、よく分からなかった。

その会話を遮るようにして、突然クラリスちゃんが大声を上げた。

「あんた！　エリサに手を出すなら、まず私にしなさい！　エリサを傷つけることは、許さないから！」

「少しばかり、耳障りだな」

こちらに近寄ると、あろうことか彼はクラリスちゃんの頭を足で踏みつけた。

「う……ぐっうう……っ‼」

「クラリスちゃん‼」

「余分な存在は必要ないのだが、さてどうしたものか」

「やめて！　やめてください！」

私は必死に叫ぶけれど、彼がやめてくれることは決してない。

「ふむ。別に気分は変わりはしないな。さて、そろそろ終わりにしようか」

「やめてッ‼」

と、私が大声を上げたと同時に、背後にある扉が勢いよく開く音が聞こえてきた。

「エリサ！　クラリス！　大丈夫かッ⁉」

「レイくんっ‼」

やってきたのはレイくんだった。

「あぁ。やっと本命が来てくれたか」

彼はクラリスちゃんからスッと足を退けると、とても嬉しそうにレイくんに微笑みかける。

まるで私たちに興味などなかったかのように。

「う……うぅ……」

クラリスちゃんは依然として、呻き声を漏らしている。

レイくんは苦しんでいるクラリスちゃんを見て、苦悶の表情を浮かべ、相手に鋭い視線を送る。

「覚悟はできているんだろうな?」

「あぁ。覚悟なんてものは、とうの昔にできている。さぁ——時代をあるべき姿に戻そうじゃないか」

レイくんが魔術を発動すると、私とクラリスちゃんを縛っている縄が切り裂かれた。

「ほぉ。この縄をあっさりと破るか」

「魔術阻害があるようだが、俺の前にはそれは効かない」

「対物質コード(アンチマテリアル)。流石は選ばれた存在だ」

私はすぐにクラリスちゃんの側(そば)に寄ると、回復魔術を施す。

私は懸命に、泣きそうになりながらクラリスちゃんを回復させようと努める。

「エ……リサ……」

「クラリスちゃん! 喋(しゃべ)らないでッ!」

「エリサは……大丈夫なの?」

「私は別になんともないよっ! それよりも、クラリスちゃんがっ!」

「ふふ。よかった……あなたに、何もなくて……」

その言葉に私は心を打たれた。

どうしてなの?

どうして、自分のことよりも私のことを心配するの?

どうして自分が傷つくことに躊躇(ためら)いを覚えないの?

私はずっと、傷つくのが嫌だった。
誰とも深く関わらなければ、私も相手も傷つかないから。
でもクラリスちゃんはあの時、わざと声を荒らげた。
——私を守るために。
私は、あの時はクラリスちゃんを守るなんて考えなかった。
「どうして、どうして私を守ってくれたの……？」
涙をポロポロと流しながら、私は尋ねる。
どうして身を挺してまで、私なんかを助けてくれたのかと。
クラリスちゃんは微かな声で、それに答えてくれる。

「だって私たちは——友達でしょう？　友達を守るのは、当然のことよ」

あぁ。そっか。
私はただ、逃げていただけで、向き合うのが怖かったんだ。
でも、そんな自分から変わらないといけない。
友達。クラリスちゃんは、かけがえのない友達だ。
本当に私は友達なのかな？　なんて、疑問に思っていたのは。
勝手に距離を取っていたと思い込んでいたのは、私だけだったんだ。

友達になることは、理屈や理論なんかじゃない。

それを超越した先に、人と人との関係は成り立っているのだろう。

今頃になって、そんな当たり前のことに気がついた。

「エリサ……泣かないで……私は、大丈夫だから……」

そっと私の手に触れてくるクラリスちゃん。

その手は確かに温かいものだった。

うん。

私はやっと自分の意志で立ち上がることを決めた。

今度は私がクラリスちゃんを――いや、みんなを守る番だから。

「クラリスちゃん。私は戦うよ」

「エリサ……ええ。あなたならきっと、大丈夫よ」

クラリスちゃんはとても優しく、私の頬を撫(な)でてくれた。

もう治療は十分で、安全なところまで持っていくことができた。クラリスちゃんはその言葉を最後に、意識を失ってしまった。

「ありがとう、クラリスちゃん」

また傷つくかもしれない。

また何かを失うかもしれない。

けれど、何かを恐れて行動しないことこそが、最大の罪であることを私は理解した。

だから、行動する。

その先にたとえ、何が待っていようとも——。

◇

無事に聖域に辿り着き、エリサとクラリスを解放することができた。

俺はエリサがクラリスを治療している間に、シリルさんと向かい合う。

「君の考えていることは分かるさ。どうして、私が氷剣と相対するのか。戦力を考えるのならば、私は適任ではない」

彼は両手を広げながらそう口にしているが、どこか興奮しているようにも思えた。

「分かっているのなら、降伏してください」

「それは無理な話だ。この聖域の先には——魔術の深奥である、魔法が待っている」

恍惚の表情で語る姿から、少なからずこちらの事情には精通していると推察する。

「魔術解放。本当にそれを成し遂げることができると？」

「君は逆に思わないか？　この世界は、全て偽りでしかないと」

「偽りではありません。解放された先に待っているのは——地獄そのものだ。それに、本質的な部分では魔法と魔術に違いはありません」

「ハハハ！　たとえそうだとしても、先に進まずにはいられないのだ！」

一連の会話は、兄との最後の戦いを思い出させる。

やはりどんな時代であっても、欲望というものは止まらないものなのか。

「魔術の祖であるフリージア＝ローゼンクロイツが提唱した、氷剣の魔術師が世界を統べるという計画。抑止力である君を殺せば、世界は大きく進むことになる。その後、エリサを使って聖域を解放することにしよう」

「思うところはありましたが、やはりエリサは……」

今回の騒動、エリサや俺を招待したのも、やはり裏があってのことだったか。

彼が色々と手を回して、この状況を作り出すために暗躍していた、ということか。全ては抑止力である俺を屠(はふ)るために。

「エルフと人間、両方の魔術領域を持っている彼女は貴重だ。エルフの秘術もおそらく、彼女が引き継いでいるのは分かっている」

初めて聞く情報だったが、なるほど……エリサは特殊な存在だからこそ、狙われたということか。

「他の王族に引き継がれていないのは、確認済みだからだ。ただし、エリサをこの地に適応させる必要があった。エルフの地の第一質料(プリママテリア)に馴染(なじ)まなければ、覚醒は促せないからだ。しかし、その時間もやっと終わった」

すぐに攻撃を仕掛けてこなかったのも、そういうことか。

そして、全ての準備が整ったからこそ、襲撃を始めたという流れになっている。

俺はやっと、現在の全体的な状況を把握することができた。

「あとは氷剣——君を殺すだけだ」

会話だけで解決することは不可能か。

俺は右手に氷剣を顕現させる。

エルフの王族相手に戦闘はしたくないが、これぱかりは仕方がない。

スッと氷剣を構える。

「いいんですか。本当に」

「もちろん。これは——実験も兼ねているのだから」

彼は右手の袖を捲った。

そこには複雑なコードがいくつも走っていた。

別段、体にコードが走っていることは不思議ではない。

だが彼は、幾つものコードを体に刻んでいる。

もしかして、あの全てに魔術式が刻まれているということか？

「魔術の新しい領域。それを君で試せるというんだ。これほど心躍ることはあるまい」

互いに構え、戦闘態勢に入る。

「さぁ——新世界の扉を開けよう」

第六章　それぞれの戦い

「かの七大魔術師と戦えるとは、光栄ですね」

ダークトライアドシステムを発動したラルドは、完全に正気は失っていなかった。

アビーと対峙しながらも、その意識を保っていたのだ。

「この混沌とした状況。何が目的かは知らないが、ここで倒れてもらおうか」

抜刀。

アビーは腰に差している長い刀を抜いた。

炎刀――煉獄焔。アビーの魔術の真髄である、火属性の魔術を宿すことのできる特殊加工のなされた刀。

刃には細かい魔術模様が刻まれている。

「ハハハ！　それはどうでしょうかッ!!」

ここから戦いが始まる。

ラルドはそう思っていたが、すでに戦いは終わっていた。

「いや、もう終わっている」

キンと納刀される音が響く。

瞬間。

ラルドは自分がすでに斬られたのだと理解した。

それも死なないように手加減をされた上で。

自分から流れ出る血溜まりを見て、ラルドは何が起きたのか気になって口を開いた。

「い、いつの間に……?」

「私の魔術の真価は、炎だけではないということだ」

そう。

アビーの魔術のアトリビュートは加速である。あくまで、火属性に特化しているのは物質を加速させた結果に生まれる現象である。

彼女は超高速の戦闘を得意としており、火属性の攻撃はさらに深手を追わせるために機能している。

「しばらくそこで眠っているといい」

「私……は……」

そしてアビーはキャロルと合流するために、来た道を急いで戻っていくのだった。

◇

　アメリアと対峙しているビアンカは、饒舌にアメリアに語りかけていた。

「アメリア＝ローズ。あなたの魔術はとってもいいわ。何よりも、華がある。とても派手だけれども、繊細なコントロールが必要とされるわよね。防御に関して言えば、七大魔術師に匹敵する。いえ、同等と言っても過言ではないわね」

（私の魔術特性も理解している。ここは先手必勝……ッ!!）

　アメリアは因果律蝶々を展開。

　そして、防御ではなく、先手必勝とばかりに攻撃を開始する。

　因果律蝶々の攻撃は蝶による小規模な爆発のみ。

　ただしそれは、確実に当てることができる。

「ふ。ふふ」

「え――」

　因果律蝶々による攻撃は発動しなかった。

　厳密にいえば、発動はしている。

　ただし、因果律蝶々は対象とする相手を必要とする。

　ビアンカを対象として魔術を発動したい。

　そう思うが、対象であるビアンカは影の中に沈んでしまっていた。

「くっ――!?」

　思わず、アメリアは声を漏らしてしまう。

ビアンカはアメリアと同じかそれ以上に、因果律蝶々(バタフライエフェクト)のことを理解していた。

強みも弱点も、自分が欲するが故に、知っていたのだ。

「あなたの魔術記憶(エングラム)は私が有効に活用してあげる。だから、最後の瞬間をせいぜい噛(か)み締(し)めるといいわ」

因果律蝶々(バタフライエフェクト)は対象とするものを目視しなければならない。

因果律という概念に干渉する以上、発動する上で何も条件がないわけではなかった。

攻撃を仕掛ける場合、目視という条件は絶対的なものである。

そのため、アメリアは防御に回るしかなかった。

そして、姿の見えないビアンカの声が怪しげに反響する。

「さて、あなたはどれだけ因果律蝶々(バタフライエフェクト)を発動できるの？　それだけの魔術。きっと、長くは保たないわよね？」

ここで因果律蝶々(バタフライエフェクト)を解除してもいいのだが、得体の知れない相手に対してそれはできなかった。

因果律蝶々(バタフライエフェクト)の特性を知っている上に、対策も分かっている。ここで解除するのは、逆に悪手なのかも知れない。そんな考えが脳裏に過(よぎ)るからこそ、アメリアは発動を継続していた。

「ふふ。解除しないのは、賢明ね」

相手の掌(てのひら)の上で踊っている自覚はあったが、どうすることもできない。

限界時間は五分。

すでに、残り時間は一分を切っている。

アメリアは徐々に自分の脳内が熱くなっていることに、焦りを覚え始めていた。

その後、アメリアは闇雲に蝶による爆発を発動したが、全てが空振り。

ビアンカに攻撃を当てることは、叶わなかった。

「はぁ……はぁ……はぁ……」

汗が流れ、すでに肩で呼吸をしている。

視界もすでに霞んできている。まさかこんな弱点が因果律蝶々にあるなんて、アメリアはそう思わざるを得なかった。

そして、因果律蝶々は完全に限界を迎えた。

だが、限界を超えるのなら――まだ因果律蝶々は発動できる。

(今ここは、無理をしないと――！)

「ふふ。もうお終いよ？」

「うっ――！」

気がつけば、背後に現れていたビアンカがアメリアの目を手で覆い隠していた。

因果律蝶々発動中かつ、無傷のアメリアを欲していたからこそ、ビアンカは遂に動いた。

これで因果律蝶々は発動できない。

背後から嫌なオーラが流れ込んでくる。

――ここでやられるくらいなら、ここは無理をしてでも――!!

自分の限界を超えて、無理やり因果律蝶々(バタフライエフェクト)を発動しようとしたその時だった——。

「やめておいた方がいいです。それ以上は、危ない」

急にアメリアの視界は晴れ、ポンと肩に別人の手が置かれる感覚をアメリアは覚えた。

とても大きく優しい手つきだった。

「え？」

アメリアが振り向いた時には、すでにビアンカは距離を取っていた。

代わりに、そこには一人の男性が立っていた。

「お前は——」

忌々(いまいま)しそうに、ビアンカは相手を睨(にら)みつける。

「ここから先は、私が相手をしましょう。この燐煌(りんこう)の魔術師が」

マリウス＝バセット。

燐煌の魔術師である彼は、いつの間にかこの場にやって来ていた。

「いつの間に……」

ビアンカは先ほどとは違って、余裕がない表情をしていた。

アメリア単独ならば、圧倒できる。たとえ強力な魔術である因果律蝶々(バタフライエフェクト)を持っていたとしても。

アメリアはまだ、圧倒的に戦闘経験が浅いからだ。

だが、七大魔術師となっては話が違ってくる。

その中でも現在最年長の燐煌の魔術師。

最高であり、最巧(さいこう)の魔術師として評価されている燐煌である。

「さて、まだやりますか？」

溢(あふ)れ出(で)る光の粒子の数々。

それらが、徐々に繋(つな)がっていき線を作り出していく。

ビアンカも流石(さすが)に、マリウスの相手を真正面からするほどの、度胸はなかった。

戦力差は嫌というほど痛感している。

「――チッ。燐煌が出て来るなんて。姿をくらましていたから、今回の件に興味はないと思っていたのに」

「あなたの存在は分かっていましたからね。状況を窺(うかが)っていました」

「……」

ビアンカはマリウスの行動に気がついていなかった。どれだけ捕捉しようとしても、彼は痕跡を全く残していなかったからだ。

あらゆる情報を考慮して、ビアンカはわざとらしく手を上げた。

「あーあ。今回はダメだったか。でも、この目で因果律蝶々(バタフライエフェクト)は見ることができたし。収穫はあったわ。魔術解放の扉は、もう開かれているから」

「かの魔術の祖であるフリージア＝ローゼンクロイツが提唱した計画。ついに、その扉を開けますか。なるほど、これだけの戦力が整っているのに仕掛けてくる理由。その存在そのものを利用しましたか」

アメリアは朦朧とする意識の中、二人の会話を聞いていたが、全く理解できなかった。

「あなたは分かっている側の人間ね。集まっているからこそ、この場に揺らぎが生まれる。その観測はもう終わっているわ」

「抑止力は機能していますよ？」

「それを乗り越えてこそ、新世界が待っているのよ」

ニヤリとした表情を浮かべながら、ビアンカはジリジリと距離を取っていた。

「逃すとでも？」

「残念。もう私はいないわよ」

瞬間。パシャッと音を立てて、ビアンカだったものが影の中へと溶けていく。

「影武者ですか。汎用性の高い魔術のようで」

「まぁね。じゃ、燐煌。それにアメリア＝ローズ。また会いましょう？」

そして、完全にビアンカの気配が消失した。

「はぁ……はぁ……はぁ……」

「大丈夫ですか？」

「はい。なんとか……」

緊張が解けたのか、アメリアは地面に手をつく。

マリウスが来ていなければ、危なかった。

アメリアは誰よりも自分のことが分かっていた。

「助けていただき、ありがとうございました。でも、レイが！」

アメリアがマリウスに助けを求める。

彼はとても優しい表情で彼女に告げる。

「大丈夫ですよ。きっと、あちらもすぐに決着がつくでしょうから」

◇

「まずは、これで行こうか」

腕に刻まれているコードが発光する。

そして、次々と溢れ出してくる炎の海。

溢れ出すそれは、確実に俺を殺す勢いのものだった。

俺は脳内でコードを走らせる。

ここまで来れば、出し惜しみをしている場合ではない。

自分の能力を解放すると、さっそく対物質コードを発動する。

目の前に展開されている、炎の海がパッと粒子へと還元されていく。

「ふむ。この程度では、ダメか。ならば」

新たな魔術を発動してくる。

次は氷の柱が次々と俺に襲いかかってくる。

それもまた、すぐに還元する。

しかし、俺は違和感を覚えていた。

対物質コードは正常に発動している。

次々と放たれる魔術の数々。

属性は攻撃ごとに全て異なっている。

これだけの魔術。

凄まじい技量ではあるが、基本的に全属性をこのレベルで使用できるのは——七大魔術師レベルでなければ不可能。

いや、七大魔術師であっても、それぞれに得意分野が存在する。

俺は他の属性——火、雷、風など——はそれほど得意ではない。

この領域に至るには、一つの領域を徹底的に極めていなければ辿り着くことはできない。

だというのに、目の前にはあらゆる属性の高位魔術が発動している。

相手が七大魔術師クラスの相手なのか?

そう考えるが、第一質料(プリママテリア)自体は平凡そのもの。

特に脅威に感じる部分はない。

「ははは！　流石は氷剣だ！　これほどの攻撃を、全て無かったことにしてしまうとはな！」

「……」

笑っている。

まるで、今までの攻撃は試しているだけというかのように。

腕に刻まれているコード。

そして、優生機関(ユーゼニクス)の暗躍。

発動する多種多様な魔術。

いやそんなことが可能なのか……？

考えたくもない、最悪の可能性が脳内に過(よぎ)る。

「その魔術——もしかして」

「流石は氷剣。気がついたようだ」

ニヤリと笑みを浮かべる。

どこまでも深く、暗い表情だった。

「腕に刻まれているのは、魔術領域。しかし、それは——あなたのものではない」

「そう。これは他者の魔術領域を幾重(いくえ)にも重ねているものだ。もっとも、これも重ねるだけでいいわけではない。自分に適合するものを選択しなければならない」

「どれだけの人を犠牲にしてきたんだ……」

魔術領域。

それを腕に刻んでいることも驚きだが、そもそも移植できるなんて考えたくもない。

それは非人道的な実験の果てに生み出されたものだから。

一体、どれだけの人が犠牲になったというのか。

魔術の真理に辿り着く。

そのためにこんな犠牲を許容していいわけがない。

「犠牲？　覚えていない、というよりはこれは優生機関(ユーゼニクス)側から提供されたものだ。私の知る範囲ではない」

「だからと言って、使うことを許してはいけない」

「おやおや、氷剣は正義感に溢れているようだ」

「ただその蛮行を許せないだけだ」

「蛮行？　あぁ、今はそう見えるかもしれない。しかし、勝者は全てが肯定される。戦いとはそういうものだろう？　君が極東戦役で行ったことも、そうだろう？　勝っているからこそ、相手よりも多く敵を殺しているからこそ、全てが肯定される。その事実に目をつぶってはいけない」

俺は相手の言い分を理解しつつも、それを否定する。

「結果を求めるために、どんな手段も正当化することは決して許してはいけない」

「大量殺戮(さつりく)者の君が言うのか。とんだ皮肉だ」

依然として、余裕を保って笑っている。

まるでこの問答そのものを楽しんでいるように。

「否定はしない。自分の過去は確かに血に塗(まみ)れている。しかし、これから先も同じような道を辿るつもりはない」

「はは！　いいだろう！　ここで引導を渡してやる！」

手を広げ、さらに魔術を放ってくる。

右からは炎の海、左からは氷の海が迫ってくる。

俺はそれらを還元していくと、氷剣を展開。

彼の体を凍らせて捉えるために、四肢に氷剣を解き放つ。

「さて、この力はどんなものか――」

右手を差し出す。

瞬間。

直撃するはずだった氷剣が、全て第一質料(プリママテリア)へと還元されていく。

宙に舞うその粒子は俺が幾度となく見た光景だった。

「――対物質(アンチマテリアル)コード？」

間違いなく俺の氷剣は還元された。

それはこの対物質(アンチマテリアル)コードを世界で唯一使える俺だからこそ、分かることだ。

それと同時に、相手は俺と同質の氷剣を生み出していた。

還元した第一質料(プリママテリア)を利用して、生成したものである。

本当に僅かに呆(ほう)けてしまった瞬間、迫ってくる氷剣への対応が僅かに遅れてしまった。

「危ない‼」

このままでは直撃してしまうと思った時、エリサが俺の体を突き飛ばした。

おかげで俺はギリギリのところで、その氷剣を躱(かわ)すことができた。

背後でクラリスを介抱していると思っていたが、俺を助けてくれるとは。

「エリサ。助かった」

「うん。今度は私が、レイくんの力になるよっ！」

その瞳に恐れなどない。

今までエリサはずっと迷っているような素振りを見せていた。

ずっと俺たちの後ろにいて、目立たないようにしているのは知っていた。

それでもエリサは、自分で前に来ることを選んだ。

その選択を俺は誇りに思う。

「あぁ。一緒に戦おう」

「うん！」

もうエリサは庇護(ひご)する存在ではなく、隣で一緒に戦える存在であると俺は認識を改める。

「ははは！　エリサに何ができるッ‼」

彼は俺の隣に立っているエリサを軽んじているが、俺は知っている。

エリサがすでに新しい力を手に入れていることを。

それは彼女から溢れ出ている第一質料（プリママテリア）を見れば、すぐに理解できた。

「はぁ……」

溢れ出す第一質料（プリママテリア）がエリサの元に集まっていく。

そして、エリサは冷然と告げる。

「――豊穣の妖精領域（アルヴヘイムサークル）」

◇

私が発動した魔術は固有魔術（オリジン）だ。

自分の原点を見つめ直し、全てを受け入れることで眠っている魔術領域に刻まれた魔術に気がついた。

人間とエルフのハーフである私は、特殊な魔術領域を有していた。

これは領域を二つに分けることができ、一方は第一質料を吸収する領域。

豊穣の妖精領域。

もう一方は、第一質料を発散する領域。

この二つの領域の中で自由自在に第一質料を操作するのが、私の固有魔術。

また吸収から発散される際には、生み出される第一質料は十倍に跳ね上がる。

私は相手側に吸収領域を設定し、レイくんの方に発散領域を設定した。

「これは……」

レイくんには今、かなりの量の第一質料が送り出されている。

「くッ！　そういうことかッ！　ハハハ！　なおさら、エリサが欲しくなったよ！」

彼も私の魔術のカラクリに気がついたようだけれど、レイくんはこの好機を逃すことはしない。

「それに、今更第一質料など些事に過ぎない。対物質コードは再現できている。やはり、この力は素晴らしい！　これこそが、万能の力！　これを自由に使える君が心から羨ましいよ。これだけの力があれば、全てを暴力でねじ伏せることができるだろうに」

溢れ出す真っ青な第一質料を纏いながら、レイくんは魔術を発動した。

どちらの力が上回っているのか。それは、私にだってすぐに分かった。

「……」

生み出したのは、真っ赤な氷剣。

それらがクルクルと回転して真っ赤な光を放つ。

「この程度の冰剣ッ!!」

彼は手をかざすけれど、レイくんの生み出した冰剣はこの世界に残存している。

「なっ……んという強度だッ!?　消し切れないだとッ!?」

「対物質(アンチマテリアル)コードは万能ではありません。このように、圧倒的な質量の前では情報を処理し切れない」

そして、レイくんはとても冷静に言葉を紡ぐ。


「赫冰封印(バンドラ)――無限冰牢(むげんひょうろう)」


彼を中心にして展開される真っ赤な冰剣の数々。

それらは円を描くようにして構成され、中央に向かって緋色(ひいろ)に染まる氷が迫っていく。

それから一気に緋色の冰剣が彼の体を包み込んでいった。

「う、ぐぅ……アアアアアアアアア!!」

苦しみの声を漏らしながら、対物質(アンチマテリアル)コードを発動させているが間に合っていない。

でも、体の全てが凍りつくのは時間の問題だった。

「ど、うしてだ！　これは万能の力なはずでは……っ！」

踠(もが)きながら、レイくんに向かって懸命に手を伸ばしてくる。

レイくんはじっと相手の姿を見ながら、事実を伝える。

「万能なんてものは幻想です。この世界にそんなものは、存在しない」

「ぐ、グアアアアアアアア!!」

パキンッ!!　と音を立てて真っ赤な氷が完成した。

壮絶な表情をしながら、彼は氷の中に封印された。

「魔術の深奥にたどり着く、万能に思える力に溺れる。やはり、欲望というものは飽くなきものなのか」

レイくんの声はとても寂しそうなものだった。

「レイくん……」

「終わったよ、エリサ。エリサのおかげであの魔術を発動することができた。ありがとう」

「私、役に立てたかな？」

「あぁ」

「私、ちゃんと頑張れたかな？」

「あぁ」

「私は……友達のために、戦うことができたのかな？」

レイくんはとても優しく、私の頭を撫(な)でてくれた。

「あぁ。エリサは懸命に戦ってくれた。それは、俺やクラリスを守るためだろう？　君は友人のために身を呈して戦える、勇敢な人だ」

「うっ……うわあああああああああ!!」

レイくんに思い切り抱きついて、涙を流してしまう。

本当は怖かった。

どれだけ戦うという覚悟を決めても、圧倒的な悪意の前では自分の意志など風前の灯火のような感覚だった。

私が最後まで立っていることができたのは、クラリスちゃんの言葉やレイくんの姿。それに、今まで接してきたみんなのおかげだった。

私はもうとっくに、大切なものを手にしていたのだ。

友達であるみんながいたからこそ、私は前に出ることができた。

ねぇ、過去の私へ。

大切なのは踏み出す一歩だったんだ。

ずっと自分の殻にこもって傷つかないようにするのも、選択肢の一つなのかもしれない。

でも、人と人は必ず交わって生きていく。

一歩引いて、距離を取っているつもりでも、大切な人はそんな壁をあっさりと壊していってしまう。

だから、私はこれからもみんなと一緒に進んでいきたい。

そして——大好きなレイくんの側にずっといたいと。

そんなことを私は思った。

エピローグ1　さらば、エルフの国

今回の騒動は無事に解決した。

表の方はアビーさんたちが完全に鎮圧。

レベッカ先輩、アリアーヌ、それにエヴィやアルバートなども協力してくれたらしい。

そして、事件の首謀者たちは地下牢で捕縛されている。

今後、詳しい話を聞いていくらしい。

ともかく、俺たちの出番はここまでだった。

ある一室に呼び出された俺は、エルフの王に頭を下げられていた。

「本当に申し訳なかった」

「いえ。そんなことは」

「弟だからこそ、僕は最終的には分かり合えるだろうと思い込んでいた。そんな甘さが、今回の事件を引き起こしてしまった。本当に情けない限りだ」

「最後まで分かり合おうとすることは、素晴らしいと思います。それに、大きな犠牲もなくてよかったです」

「そう言ってもらえると、少しは嬉しいかな」

王は微かに笑みを浮かべる。

どこか疲れがあるようで、今回の騒動でかなり奔走したのかもしれない。

「それと、どうやら君に謝罪をしたい人物がいるようだ」

「謝罪？」

その言葉と同時に、室内に入って来たのはキャシー第三王女だった。

「あ……その。今回の騒動、収めてくれたのはあなただって聞いたわ。今まで無礼な扱いをして、本当にごめんなさい。あなたはとても勇敢で、エリサに相応しい人よ」

「いえ。自分は当然のことをしたまでです」

「……じーっ。よく見ると、確かに逞しいというか、どこか……」

「どうかしましたか？」

俺の顔を凝視してくるので、思わず尋ね返す。

「はっ！　べ、別になんでもないわっ！　ともかく、その……あ、ありがとう！　また遊びに来た時は、歓迎してあげるわっ！」

キャシー第三王女は颯爽と室内から去っていってしまった。

「すまないね。少しばかり、恥ずかしがり屋のようで。あぁ、それと――」

王は唐突に話の内容を変えたが、それは核心をつくものであった。

「エリサとは、本当の恋人というわけではないのだろう？」

「……分かっていたのですか？」

「ははっ！　僕ももう、百歳を優に超えているからね。そのような感情の機微には聡いのさ」

　まさかバレていたのか。

　俺としては完璧に演じているつもりはあったのだが、簡単に見破られているとは、流石はエルフの王と言ったところか。

「まぁ、若いうちは色々とある。多くの経験を積んでいくといいだろう」

「はい。ご助言、ありがとうございます」

「また改めて謝礼などは送ろう。今回は本当に助かった。心より、感謝を」

「きっと、もっといい国になると思います。またいつか、観光に来ますね」

「あぁ。楽しみにしているよ」


　その後。

　俺たちはエルフの国を後にした。

　馬車に揺られながら、王国へと帰っていく。

　みんな疲れているのか、エヴィとクラリスは眠っていた。

　クラリスはまだ頭に包帯を巻いているが、エリサの懸命な治療もあって後遺症なども全く残らないという。

　アルバートは酔いがひどいので、外の席に座っている。

景色を見ていた方が、まだマシらしい。

全員共に無事で怪我などもなかったようで、本当に良かった。

そして、俺はエリサに恋人の件はバレていた、という話を伝えた。

「えっ⁉　そうだったの？」

「あぁ」

「そっか……それはちょっと恥ずかしいね。あはは」

エリサは顔を朱色に染めて、軽く頬をかく。

「でも、ちょっと残念だったかも……」

「ん？」

エリサが下を向いて、何かをボソリと呟いた。

俺は何と言っているのか、聞き逃してしまった。

エリサは赤く染まった頬に、何か期待しているような瞳で俺に視線を向けてくる。

濡れたその瞳は、いつもとは違うエリサに見える。

「レイくん。改めて、今回は本当にありがとう」

「どういたしまして」

「あと、実はキャシーお姉様に国に残らない？　って言われたんだけど……」

そうか。

やはり、キャシー第三王女はとてもエリサのことを気に入ったようだな。

「私はやっぱり、みんなと一緒にいたい。それに、人間だって、エルフだって関係ないでしょう？　私は私なんだから。またいつか近いうちに、エルフの国に行くこともできる。人間、エルフ、その二つを無理に選ぶ必要なんてないって」

　エリサは大人びた表情をして、そんなことを語り始める。

　俺も同じように思う。

　人間だって、エルフだって、どちらにせよエリサでいることに変わりなどないのだから。

「そうだな。エリサは、エリサだからな」

「うんっ！」

　眩しい笑顔を向けてくる。

　それは心から笑っている、素晴らしい笑顔だった。

　二人でそんなやり取りをしていると、横からアメリアが会話に入ってくる。

「で、二人の世界をいつまで作っているの？」

　半眼で睨んでいるアメリアは、どこか不機嫌そうだった。

「そ、そんなことはないよっ！」

「エリサってば、ちょっと積極的になった？」

「私も変わらないといけないって思ったから！」

「そ。まぁ、私は譲るつもりはないけど」

　二人の話に耳を傾けつつ、俺は徐々に自分の目蓋が重くなっているのを感じた。

「レイくん。眠いの？」

「あぁ。少し眠ることにしよう」

「そっか。じゃあ、おやすみなさい」

俺は微睡へと落ちていく。

その際、自分の体が傾いていき、何か柔らかいものに頭を乗せている気もしたが、眠気の方が優ってしまった。


「わっ！」

「ちょ、ちょっと！　エリサ！」

「まぁ、そのレイくんも疲れているし？」

「ぐ、ぐぅ……まぁいいわ。今は膝枕を許してあげるわ」

「レイくんの無防備な姿、初めて見たかも」

「そうね。こうしていると、普通なのにね」


今回の旅は非常に楽しかった。

色々と騒動もあったが、それでもみんなと過ごす時間はかけがえのないものだった。

そして、冬休みを過ごしたのち、無事に新年になった。

そこからはあっという間だった。

真冬の時期も過ぎていき、無事に三学期も終了。
それから春休みを経て――ついに俺たちは二年生になろうとしていた。
きっとこの先も新しい出会いが待っている。
そんな未来に想(おも)いを馳(は)せる――。

エピローグ2 ✪ 新しい世代

本格的に春がやって来た。

俺はいつものように早朝に目が覚めると、すぐに準備をしてからランニングへと向かう。

ここ最近はずっと肌寒かったのだが、徐々に暖かくなってきている気がする。

「ふっ……ふっ……」

「はっ……はっ……」

いつものように朝からエヴィと二人で軽く筋トレに励む。

もちろん、寝起きなのでそこまで激しい筋トレはしない。

あくまで肉体の覚醒を促す程度だ。

「レイ。今日から二年生だな」

「そうだな。しかし、あっという間だった」

「そうか？　俺は意外と長く感じたぜ？」

「ま、人それぞれだな」

そう。

俺たちは本日をもって二年生になった。

アーノルド魔術学院の二年生。

卒業まであと三年と考えると長いように思えるが、どうなのだろうか。

また春休みの前には卒業式があった。

俺たちは、四年生の卒業を見送った。

四年生の先輩と関わるのは、主に部活だけだった。

といっても、環境調査部と園芸部の先輩たちにはとてもよくしてもらったので、俺は両方の卒業を喜んで祝福した。

「部長。今まで大変お世話になりました」

「レイ。こちらこそ楽しい一年間だった」

「また遊びに来てください」

「あぁ。もちろんだ。お前たちの筋肉、どれほど成長するのか楽しみにしている」

ガシッと握手を交わす。

部長には本当にお世話になった。

環境調査部での活動は過酷な面もあったが、俺たちは筋肉によってつながっていた。

俺もいつか部長のように、身も心も大きな人間になりたいと思う。

それに氷剣の件も含めて部長にはサポートしてもらった面もある。

本当に頭が上がらない。

最後には全員で上半身の服を脱ぎ去り、筋肉による対話を行っていた。

もう部長とこれをできないと思うと寂しいが、先輩たちの門出を心から祝福すべきだろう。

次は園芸部での見送りに行ったのだが、そこではディーナ先輩が号泣していた。

「うっ……うぅ……本当に、本当にお世話になりましたぁ……ぐすっ……」

なんでもディーナ先輩は四年生の先輩たちには特にお世話になったとか。

ここまで感情的になった先輩を見るのは初めてなので、少しだけ驚く。

いつもは毅然（きぜん）としていて、冷静な人だったから。

「ディーナ。園芸部、頼んだわよ」

「ええ。あなたになら任せられるわ」

「そうね。レベッカ様も……それに、彼もいることだし」

なぜか全員の視線が俺に集まる。

俺は園芸部の中では異質な存在だった。

レベッカ先輩とディーナ先輩に認められなんとか入部することはできたが、それでも初めは男が一人ということで敬遠されていた。

しかし、入部してから少しずつ距離を縮めていき、今となっては俺もちゃんと部員の一人として認められている。

先輩たちには、俺もとてもお世話になった。

「先輩たち。自分のような異質な存在を受け入れてくれて、本当にありがとうございました。また会える日を楽しみにしております」

俺がそう言葉にした瞬間。

先輩たちの涙腺が崩壊。

しかし、溢れる涙は決して悲しみの涙ではない。

これから先の未来、先輩たちには明るい世界が待っているのだから。

「レイさん。私からもお礼を」

「レベッカ先輩」

艶やかな黒髪を揺らしながらレベッカ先輩が近寄ってくる。

「園芸部はレイさんの入部で大きく変わることができました。やはりあなたは、周りに大きな影響を与える人ですね」

「そうでしょうか？」

「ええ。先輩たちも、そして他の部員たちもそう思っているはずですよ」

周囲を見渡す。

うんうんと頷いているみんなを見て、俺は改めて園芸部に入って良かったと心から思えた。

そうしてお世話になった先輩たちを無事に見送って、春休みに入った。

それからは特に何か大きな変化があるわけでもなく、日々が過ぎていき……ついに新学期となった。

「エヴィ。俺は先に行ってる」

「確か、妹ちゃんに会いにいくんだよな？」

「あぁ。ステラと約束をしているからな」

「俺にも紹介してくれよ」

「もちろんだ」

手早く準備を整えると、俺は寮の自室から出ていく。

すっかり暖かくなった。

咲き誇る花々を見て、春の訪れを実感する。

また視線の先には新入生たちが登校してきているのが目に入る。

緊張している人、楽しみにしている人、それぞれが表情から窺うことができた。

また、入学式は講堂で行われるので、みんなそこに向かっている最中だ。

「おにいいいちゃあああーんっ!!」

人の波を縫うようにして駆けてくるのは愛しい我が妹。

ステラだった。

「ドーンっ！」

ステラは十メートル手前から思い切り足を踏み込むと、そのまま飛翔。

天を舞いながら俺に思い切り抱きついてくる。

相変わらず凄まじい身体能力である。

ガシッとしっかりと摑むと、思い切りステラのことを抱きしめる。

「ステラ。入学おめでとう」

「お兄ちゃん！　ありがとう！」

ぎゅーっと俺の体を抱きしめて、顔を胸に埋めてくる。

周囲の視線がかなり集まっているようだが、俺たち兄妹は全く気にしていなかった。

なぜならば、それが俺とステラだから。

感動の再会を喜ぶのは当然のことだった。

そして、パッと離れるステラのことをじっと見つめる。

「ステラ」

「何、お兄ちゃん？」

「制服、とてもよく似合っている。一番可愛いな」

間違いない。

我が妹こそが、一番可愛いだろう。

これればかりは異論を認めることはできない。

ステラこそが世界で最高に可愛いのは、すでに真理である。

「えへへ。そうかな？　そうかな？」

「ああ。間違いない。こんなに可愛いと、心配になってしまうほどだ」

「じゃあ、お兄ちゃんが守ってくれるよね？」

「任せておけ」

二人でそう話していると、後ろから「げ……」という声が聞こえてくる。

そちらに視線を向けると、そこにはレベッカ先輩とマリアがやってきていた。

「もうっ！　マリアってば、制服を着崩しちゃダメでしょっ！」

「もう、お姉ちゃん。マリアちゃんは口うるさい。ホントに」

「むっ！　反抗的なんだから！」

「お姉ちゃん。ほら、レイが見てるよ」

「え……？」

レベッカ先輩もこちらに気がついたようだ。先輩は慌てて髪の毛を整えると、俺に挨拶をしてくる。

「あ、えっと……レイさん。おはようございます」

「おはようございます。レベッカ先輩。今日は実家から登校したのですか？」

「ええ。マリアが心配だったので」

マリアは先輩の言葉が気にくわないのか、悪態をつく。

「別に必要ないのに……」

マリア＝ブラッドリィ。

彼女の容姿は否応(いやおう)なく目立つものだ。

両耳には大量のピアスに、真っ白な髪の毛。

それに加えて、その双眸はルビーの宝石のように緋色に染まっている。

レベッカ先輩と同様に美しいのは間違いないが、人目をより一層引きつけるのはマリアの方だろう。

また制服は着崩しており、シャツのボタンも大胆に開いているしスカートも折りたたんでいるのか短めだ。

でも俺はマリアらしい装いでとてもいいと思っている。

「何？　レイも文句あるの？」

「いや、制服姿よく似合っている。可愛いよ」

「かわ……っ！　もう！　変なこと言わないでっ！」

白い肌をしているので顔が赤く染まるのが目立つ。

マリアもこうして照れることがあるのだと思うと、なんだか新鮮だった。

「レイさんはいつも通りですね」

ニコリと微笑んでいるレベッカ先輩だが、やけに圧を感じる。

笑っている。

笑っているのだが、大きな圧を感じるのだ。

「ねね。お兄ちゃん」

くいくいっと俺の袖を引っ張ってくる。

「お兄ちゃんのお友達？」

ステラはどうやら同じ学年らしいマリアのことが気になっているようだった。レベッカ先輩とはすでに面識があるからな。

「あぁ。紹介しよう。マリア＝ブラッドリィ。レベッカ先輩の妹だ」

「はじめまして！　ステラ＝ホワイトです！」

ペコリと元気よく頭を下げると、ステラはすぐに手をずいっとマリアの方に伸ばす。

一方のマリアはといえば、ステラの元気な態度にたじろいでいた。

「ま、マリア＝ブラッドリィ。よ、よろしく……」

おずおずと出した手をステラが思い切り握ると、ぶんぶんと上下に振ってから近づいていく。

「マリアちゃん！　とっても可愛いねっ！」

「そ、そう……？」

「うん！　大人の女性って感じっ！　スラーッとしてて、かっこいいよ！」

「ま、まぁ。そう言われて悪い気はしないけど……」

どうやら二人はいい友人になれそうだな、と温かい目線を二人に送っていると背後から耳元に誰かが囁(ささや)いてきた。

「レイ。久しぶりだね」

振り向く。

そこにいたのは、オリヴィア王女だった。

アーノルド魔術学院の制服に身を包んでいる彼女はとても新鮮である。

いつもは豪華な装いをしている彼女を見るのが普通だったから。

「オリヴィア……王女。ご無沙汰しております」

俺は一瞬だけ言葉を詰まらせる。

この人が考えていることは、いつも予想もつかないからだ。

「うん！　久しぶりだね！　あ、そうだ。レイのことは、新しくこう呼ばないとね――」

身嗜み（みだしな）を整えて、こほんと咳払い（せきばら）をすると、オリヴィア王女は満面の笑みで俺に対してこう言ってきた。

「よろしくね――先輩？」

どうやら、波乱を呼ぶ日常がまたやって来そうだと――そう思った。

あとがき

初めましての方は、初めまして。続けてお買い上げいただいている方は、お久しぶりです。作者の御子柴奈々（みこしばなな）です。星の数ほどある作品の中から、本作を購入していただき、ありがとうございます。

さて、六巻はいかがでしたでしょうか？

六巻はＷｅｂ版を踏襲しつつも、ほぼ書き下ろしの内容となっております。

この巻を書くにあたってまず思ったのが、エリサにどこかで焦点を当てたい、ということでした。

Ｗｅｂ版では冬休み編→過去編→二年生編と進んでいたのですが、今回からはその流れを変えることになりました。

おそらく、この先もＷｅｂ版と書籍版では内容が大幅に異なってくると思いますので、ご了承いただければ幸いです。

この巻ではエリサを掘り下げつつも、レイの存在の謎についても明らかになりました。

タイトルである『冰剣の魔術師が世界を統べる』とは何なのか。この作品のテーマでもあり、今後も大きく関わってくる予定です。

ぜひ、今後もお楽しみにしていただければと！

さて、もう夏も終わりますね。

驚いたのは、八月の終わりにはセミの鳴き声が聞こえなくなっていたことです。え？ もう鳴いてないの？ という感じでした。例年、そうなんでしょうか？ 私が忘れているだけなのか、真相はまた来年の夏にでも確認します。

と、夏を振り返りつつも、この巻が出る頃にはもう秋だと思いますが。

私は夏らしいことも出来ず、普通に執筆を含めてたくさん仕事をしていました。

大人になると、やはり子どもの頃のように無邪気に遊ぶ気力もなく……（笑）。

健康的には、本当に良くないのですが。

最近は食事の方は良くなってきましたが、やはり運動ですね……！

いつも運動は大事だなぁ、と思いながら涼しい部屋にいるだけなので……。

しかし、執筆において健康は最重要と言っても過言ではありません。

少しずつ運動量も増やして、もっと良い物語を書いていきたいですね！

作中では筋肉を推している私ですが、今となっては……（泣）。

実は学生の時はずっと運動部で、色々とスポーツは経験してきました。

球技は大好きでしたが、やはり大人になると変わらずにはいられないということでしょうか……。

ともかく、今後も良い物語を作れるように頑張りますね！ というお話です。

謝辞になります。

梱枝(こりえ)りこ先生。いつも最高のイラストをありがとうございます！　今回もめちゃくちゃ良い感じでした！

担当編集の庄司(しょうじ)さんにも、大変お世話になりました。本当にありがとうございます。

その他、たくさんの人々の協力があって、ここまで来ることができました。感謝しかありません。

また、アニメ化ですが、こちらは鋭意進行中です。

来年の一月放送開始なので、ぜひ、ご期待していただければ幸いです！

コミカライズの方も引き続きよろしくお願いします！

それではまた、次巻でお会いいたしましょう！

二〇二二年　八月　御子柴奈々

あとがき♥
ドレスのエリサちゃん♥

氷剣の魔術師が世界を統べる

世界最強の魔術師である少年は、魔術学院に入学する

作画 佐々木宣人　原作 御子柴奈々　キャラクター原案 梱枝りこ

コミックス1〜10巻 好評発売中！

公式アプリ
「マガポケ」にて
大好評
連載中!